Olga
et la porte
du jardin

ISBN des versions numériques : 979-10-219-0417-0
ISBN distribution Hachette : 979-10-219-0418-7
ISBN autres distributions : 979-10-219-0416-3

André Brial

Olga
et la porte du jardin

Editions Humanis

Aidez-moi ! Délivrez-moi !

J'en étais au moins à mon huitième message. Moi qui ai horreur de ça, je pianotais comme un ado en pensant qu'à défaut de tonalité sur mon portable, les SMS pourraient passer. J'étais coincé dans le deuxième sous-sol d'une librairie, en plein centre-ville de Nouméa, dans une pièce sans fenêtre et qui, de surcroît, devait sûrement faire cage de Faraday. M'oublier là, moi, avec les incunables, les introuvables ou les interdits ! Alors que l'heure de mon rendez-vous était maintenant passée, depuis… deux heures !

Je n'aurai pas la mauvaise foi de dire que c'était la faute de Stéphanie. Non, j'avais pesé le pour et le contre suffisamment longtemps pour écarter le bouquet de fleurs. Je sais, lorsque l'on est invité, il est courtois d'offrir des fleurs. Mais pas à son ancien amour ! Je me devais de rester en terrain neutre. J'avais également écarté les chocolats. Je ne voulais pas me faire accuser d'attenter à sa ligne. Ce serait simplement un livre, un beau livre, un livre rare, si possible, et ce bouquiniste tombait à point : il était à deux pas de l'adresse qu'elle m'avait donnée.

— Ah, vous trouverez ce que vous cherchez chez les *zinzins*, m'avait dit le rat de bibliothèque qui tenait la boutique.

Foudroyé du regard, il avait aussitôt ajouté :

— C'est ainsi que mes employés appellent la salle où sont stockés les vieux livres, les livres rares, les interdits, les invendus… Les zinzins, quoi !

Voilà comment, aux bons soins d'Albert, un des employés, encore plus voûté et grisonnant que le patron, j'étais passé du rez-de-chaussée au sous-sol, deux étages plus bas, où même la porte d'entrée se dissimulait derrière une colonne de grimoires au cuir très épais.

Excepté au plafond, dans cette salle climatisée, les bouquins étaient partout. Dans les rayonnages, sur la table, dans les coins… Une table, immense, de style baroque espagnol, trônait au milieu de la pièce, encadrée par quatre fauteuils en velours rouge. Face à moi, une imposante vitrine fermée à clé contenait les soi-disant incunables. À mi-hauteur, sur un pupitre de musique, une grosse bible ventrue exposait ses enluminures.

— Là, vous avez ceux qui doivent finir au pilon, là…

— Merci, monsieur Albert, l'avais-je interrompu en souriant. Je crois que je vais découvrir tout ça moi-même.

Exit du bougonnant Albert.

Stéphanie — « Steph » à l'époque — et moi étions tombés nez à nez la veille au soir, un verre à la main, dans un vernissage très nouméen, organisé à Ouémo par un ami sculpteur.

Trois années de souvenirs de notre vie amoureuse et étudiante venaient soudainement de nous sauter au visage. Quinze ans après. Déjà quinze ans ! Steph était toujours la brune piquante que j'avais aimée et son style un peu bohème lui allait à ravir. Le temps n'avait pas de prise sur elle et paraissait l'avoir oubliée. Comme je l'avais oubliée, une fois affecté en métropole. Oubliée ma partenaire de théâtre, mon amour de jeunesse. À vingt-quatre ans, on le sait bien, on n'est pas sérieux. Steph et moi, nous nous étions connus dans des cours d'improvisation, et ma partenaire sur la scène et dans ma vie de bohème d'alors avait continué dans cette voie. Après les mondaines banalités d'usage, elle m'avait déclaré tout de go :

— Alex, il faut absolument que tu me dises ce que tu penses de ma nouvelle pièce. Ah ! Tu as l'air tout surpris, mais c'est ma quatrième ! Il y en a deux qui sont encore jouées par des maisons de la culture en France, en banlieue, et une qu'on présentera peut-être à Avignon, avec des acteurs locaux, mais celle-là me pose problème. J'aborde un nouveau genre. Enfin, tu verras toi-même. Que fais-tu de tes journées depuis que tu es revenu en Calédonie ? Serais-tu libre demain soir ?

Et c'est comme ça que je me suis entendu répondre un « Pourquoi pas ? » qui m'a surpris moi-même. Après tout, je n'avais pas de fil à la patte, j'étais venu pour redécouvrir le Caillou, et Steph, depuis le temps, avait certainement beaucoup de choses à raconter. Peut-être serais-je de bon conseil ? Ou bien était-ce parce que je ne pouvais rien lui refuser ?

Dans cette salle ouatée où le seul signe de vie était le léger ronronnement du climatiseur, j'avais un sentiment d'intemporalité et, sous la main, des ouvrages magnifiques que je m'étais juré cent fois de lire ou d'acheter. Quelle surprise de les trouver ici, au bout du monde ! J'avais du mal à y croire. Des merveilles innombrables s'offraient à moi : la *Divine Comédie* de Dante, dans une édition italienne du XVIIe siècle, les minutes du procès de Robespierre, la Charte de la Compagnie des Indes, *Art et Protocole à la Cour du Roy Soleil…*

J'entreposais sur un coin de table tous ces petits trésors, me résignant à débourser une véritable fortune pour les faire miens. Jamais je n'avais trouvé un tel filon !

Tout à mon émerveillement, je décidais d'être méthodique et de comprendre comment se structurait cette caverne d'Ali Baba. La partie la plus imposante et la plus remarquable était sans nul doute celle des livres anciens que je venais de visiter, avec sa grande armoire cathédrale. Sur la gauche, comme l'avait signalé Albert, s'entassaient les invendus, les tirages à compte d'auteur, ceux qui ne seraient jamais en tête de gondole. La partie droite était réservée aux livres couronnés. Uniquement des ouvrages qui, du Nobel au Goncourt ou au Femina, avaient marqué l'écriture et révélé ou confirmé une plume. Un rayonnage spécial consacré à la littérature érotique finissait le pan de mur. Et, en me tournant, juste derrière moi, se tenaient — ô, merveille ! — tous les livres qui avaient bercé mon enfance et m'avaient donné le goût de la lecture, de l'aventure et des voyages : les Jules Verne, reliés pleine peau, avec des couleurs vives et des gravures sombres de Gustave Doré. Je suffoquais devant les Swift, Dickens, Marc Twain… Je continuais à entasser sur la table ces merveilles qui m'émouvaient. Elles formaient à présent une pile impressionnante et je me jurais que, si le temps me manquait pour finir mon exploration, je reviendrais le lendemain.

Horreur ! Un coup d'œil à ma montre me confirmait que je n'avais pas vu le temps passer, heureusement, la rue de l'Alma n'était pas bien loin. En me précipitant vers le rayonnage qui dissimulait la porte, je réalisais que l'on m'avait oublié, et que… Oui, non, au secours ! J'étais enfermé ! Il n'y avait pas un bruit dans tout l'immeuble.

— Ohé ! Y'a quelqu'un ? Je suis là !

Je criais à la cantonade tout en ne sachant pas si je devais tirer ou pousser cette satanée porte.

Évidemment, avec l'épaisseur de la paperasse qui recouvrait les murs, mes cris ne portaient guère. Eurêka ! J'extirpais mon téléphone de ma poche… pour constater qu'il ne recevait aucun signal. En plein Nouméa, place des Cocotiers, à côté de la mairie ! Un scandale technologique ! Que faire ? Et c'est ainsi que je me suis lancé dans les SMS. Peut-être auraient-ils une chance ?

J'en avais rêvé et ils étaient là, à ma main. J'arrêtais de pianoter et, compulsivement, je dévorais des chapitres et gobais les échantillons d'enfance que tous ces ouvrages ravivaient en moi. Quelle émotion ! Dans une boulimie oublieuse de Stéphanie et de son dîner, je me retrouvais au Faubourg Blanchot, en culotte courte devant la bibliothèque de mes parents. Insatiable ! Un petit pincement au cœur et je devenais le saute-ruisseau Tom Sawyer, ou le Phileas Fogg provocateur, faisant le pari impossible de courir le monde en quatre-vingts jours. Sans l'uniforme, j'étais l'énigmatique Capitaine Nemo, celui qui dans les fosses abyssales affronterait, grâce au *Nautilus*, l'immense pieuvre sans être broyé.

La qualité de l'édition, le velouté du vélin, la douceur du cartonnage ou du cuir de la jaquette avaient autant de séduction que l'intrépide contenu. Je me fondais dans ces ouvrages sélectionnés comme s'ils étaient une partie de moi-même, je les humais, les caressais… Ne faisaient-ils pas partie de ma jeunesse ?

Dans ma prospection, nouvelle surprise : ce que je venais de prendre pour un bréviaire du XVIIIe siècle était en fait une pièce rare, le *Code Noir* adressé par Colbert aux administrations et colons des « Isles de France et de Bourbon ». Imprimé en 1723, il avait vocation à réglementer et « humaniser » l'esclavage. Quels discours ! Quelle misère ! Fruit de l'époque, certainement, mais comment avait-on pu tenir de tels propos ?

Tout à coup… que s'est-il passé ? Je veux me lever et j'ai l'impression que mille petites mains me retiennent. Au secours !

Comme Gulliver, je me retrouve cloué là, sur la grande table. Des nains armés s'agitent autour de moi. Ainsi, c'est donc ça, cette librairie recèle un monde parallèle dans ses bas-fonds, un univers sournois à l'abri de tout regard… Peut-être se livre-t-on ici à de la sorcellerie, à de la magie noire ? Et — je n'ose y penser — peut-être que les clients tardifs comme moi, ceux qui entrent discrètement, juste avant la fermeture, sont victimes d'un philtre ou de trafics d'organes ! Sinon, pourquoi m'attacher ? Oups ! Les nains que j'avais cru entrevoir en essayant de me relever sont en vérité des hommes de petit gabarit, des pygmées vêtus de pagnes qui m'observent, l'œil féroce, la mâchoire crispée et la sagaie à la main.

— Homme blanc, qu'es-tu venu faire chez nous ?

Ces mots sont prononcés d'un ton calme par le plus âgé des tortionnaires, mais sa voix de basse me glace d'effroi. J'hésite, je ne sais plus si je suis encore dans un monde civilisé ou perdu dans une île océanienne, victime de vieux gamins farceurs un tantinet cannibales.

— Moi, euh… C'était pour un cadeau, et j'ai pensé qu'un livre…

— Ne fais pas l'insolent ! Tu croyais que tu pouvais impunément revenir sur nos terres, t'approprier nos biens, voler notre passé ? Tu veux finir comme eux ?

Ébloui par les plafonniers, je n'avais pas remarqué les hommes ficelés aux chaises placées au bas de chaque mur, qui attendent, sans doute, leur tour d'être jugés. Malgré leurs regards absents et leur air de mort-vivant, il me semble bien reconnaître James Cook, Higginson, La Pérouse et le gouverneur Guillain tels que je les connais à travers les livres d'histoire.

— Tu vois où les ont menés leurs explorations, la conquête de nos terres et le pillage du bois de santal ? La capture esclavagiste de nos frères océaniens, vanuatais principalement ! Le blackbirding, ça te dit rien ? Tous ceux que vous avez exploités si longtemps… Tu veux être, comme eux, condamné à errer éternellement ? À ne jamais trouver le salut de ton âme ?

— Holà ! Mais vous vous trompez de personne ! Moi, je ne suis qu'un petit fonctionnaire en vacances à Nouméa… Pfft ! Je n'ai jamais mis des gens en esclavage, encore moins les pieds au Vanuatu. Dans le secteur, le plus loin, c'est à Sydney que je suis allé, et encore, il y a longtemps, avec mes parents.

Menaçant, il s'approche de moi :

— Tu as changé de costume, mais on t'a reconnu. Tu es le roi de la verroterie, des morceaux de tissus colorés, du parfum de pacotille pour nos femmes et de l'alcool frelaté pour les hommes. Nous, on ne te demandait rien. Tu as fait du troc, du commerce avec nous. Et puis tu as pris notre jeunesse, tu voulais les gaillards les plus robustes, les filles les plus saines. En échange, avec ta verroterie, tu nous laissais la jalousie, la cupidité et l'envie des choses encore plus séduisantes que tu nous faisais miroiter. En prime, merci également pour tes maladies et tes saloperies d'armes à feu !

Je soutiens son regard, refusant de me laisser intimider.

— Mais où on est, là ? Vous avez l'intention de me faire porter le chapeau des erreurs de l'histoire, des erreurs de mes ancêtres ? Moi, j'y suis pour rien si les gens d'autrefois ont commis des aberrations ! C'est bien vous qui leur livriez vos pires ennemis et vendiez le santal, vos guerres tribales servaient à ça !

Le grand chef accuse le coup par une grimace, mais il se reprend vite :

— Tu te défends ! Tu te cherches des excuses en voulant nous donner mauvaise conscience, mais tu dois payer pour ton sale commerce.

— Oui, chef, il doit payer ! bêle la foule des autres pygmées, serviles et fanatisés.

Ils ont entamé une danse lancinante autour de moi et scandent :

— Il doit payer ! Il doit payer !

Avec le sentiment de jouer mon ultime atout, j'ajoute :

— Vous avez des pouvoirs… Faites donc revenir des gens qui, comme moi, n'étaient pas d'accord sur l'esclavagisme. Invoquez, faites donc témoigner Voltaire, Lamartine, Olympe de Gouges, que sais-je ? La Fayette ou le plus virulent d'entre eux : Victor Schœlcher !

Sous les encouragements de « À mort ! À mort ! Il ment ! », l'œil haineux, la narine dilatée, le grand chef vient de brandir un cimeterre démesuré au-dessus de sa tête lorsque claque un tonitruant :

— Non, mais c'est pas vrai ! Qu'est-ce que vous faites là ?

Albert le bougon est là, bouche bée, les bras chargés de romans, contemplant un pauvre bougre qui vient d'échapper à la mort.

Sauvé in extremis, heureux de ce rêve dénoué, j'embrasserais presque le vieil homme. Courbaturé par l'inconfort de ma position, la joue endolorie et marquée par la page sur laquelle je me suis endormi, je constate que cette dernière arbore un splendide filet de bave. Il est plus de huit heures du matin et j'ai passé la nuit entière dans cette remise.

— Monsieur ! Monsieur Dorseuil ! Venez vite, on a enfermé le client d'hier soir !

Une cavalcade dans le couloir me confirme que l'on vient, un peu tard, certes, mais l'on vient à ma rescousse.

Avec ce nom vaguement familier de Dorseuil, déboulent dans le couloir, le patron, qui m'avait courtoisement indiqué la salle des « zinzins » (j'ai bien failli le devenir !), ainsi qu'une autre employée, suivie de Stéphanie.

— Alex ! Mais qu'est-ce que tu fais là ?

Comme l'avant-veille, nous nous rencontrons dans un lieu incongru.

— Je viens de recevoir quatorze SMS d'un seul coup ! Tes messages d'hier soir, mais comment as-tu fait ? Je suis venue de suite, car la librairie la plus proche de chez moi, c'est celle de mon père.

Et d'un seul coup, je percute : Dorseuil est son nom de jeune fille. Un nom qu'elle n'utilise guère, lui préférant son nom de théâtre.

— Monsieur Alex, si vous permettez, tout peut s'expliquer, dit le rat de bibliothèque.

Une odeur de moutarde m'envahit les sinus. En me toisant, les yeux plissés, le vieil homme raconte :

— Comme vous venez de le comprendre, je suis le père de Stéphanie et ce n'est pas de gaité de cœur que j'ai appris qu'elle vous avait invité hier soir. Alors, quand je vous ai vu dans mon magasin, trois années de calvaire et de souffrances ont refait surface. Trois années passées, après votre départ ignoble, à reconstruire ma fille, à la sortir de son anorexie en la forçant à manger, en lui faisant courir les psychiatres trois fois par semaine et en ayant constamment peur qu'elle n'attente à sa vie !

Je ravale ma colère, réalisant que je m'en sors à bon compte.

Les employés regagnent discrètement leur travail. Stéphanie, le regard dans le vide et des larmes plein les joues, sanglote en silence. Rongé par la culpabilité, je lui prends la main, y dépose un long baiser sincère et murmure, à genoux : « Pardon Steph, je n'imaginais pas combien tu avais souffert, combien j'avais pu être odieux… Je ne suis qu'un infâme égoïste, un sale mec. Pardon, pardon, pardon ! »

En vrai paria, je sors de là avec ma honte, la tête basse, en oubliant tous les livres. Dehors, une pluie fine tombe sur la ville et se mélange à mes larmes.

Alors que je suis fatigué par une vie de labeur qui m'a trimballé aux quatre coins du monde, après avoir rédigé des milliers d'articles — certains ayant concouru pour le Pulitzer — à l'heure des bilans, je me demande ce qu'a bien pu devenir Betty.

Un amour contre nature pourraient dire certains, mais un premier amour inoubliable.

Tout a commencé de l'autre côté de la vitrine, au milieu de mes semblables, lorsque j'ignorais encore les regards envieux, les attentions soudaines… Même si le chaland se poussait du coude et me désignait parfois du doigt avec un sourire bienveillant, son hochement de tête admiratif me laissait indifférent. Perdu dans la foule de mes répliques, assommé par la chaleur caniculaire des spots d'éclairage, tout me paraissait morne et plat. Jusqu'à ce que quelqu'un franchisse le seuil et s'arrête en face de nous, en face de moi, intéressé par ce je-ne-sais-quoi qui nous personnalise.

Aujourd'hui, je puis dire que ma vie a vraiment commencé avec Betty.

La façon dont elle m'a accueilli m'a transformé : d'insensible, un tantinet je-m'en-foutiste comme je pouvais l'être, je suis devenu accro à ses mains, à ses lèvres et à son parfum. J'étais l'élu, celui qui avait été choisi pour le luxe et la renommée : un Montblanc. Ma couleur : bordeaux moiré, ma qualité : 18 carats. La grande classe, tout simplement.

Dans la vitrine, lorsque ses parents m'ont remarqué, je suis passé de mains en mains, testé, scruté sous tous les aspects, même l'ergonomie. Pas trop lourd ? Et la prise en main ? Sûrement pour éviter la crampe de l'écrivain. Il se trouve que je suis le partenaire idéal. Mis en balance avec un Parker — ne le nions pas, la concurrence a toujours été rude — c'est mon galbe et la rutilance de mon teint plus jeune, plus « fun » qui l'ont emporté.

Mis en étui, empaqueté, bringuebalé, je n'ai revu le jour que dans les mains de Betty qui m'a déballé précautionneusement et caressé de ses doigts fins. J'ai aussitôt senti la douceur de sa peau, et les remarques qu'elle faisait à mon égard m'ont rempli de bonheur. J'étais impatient de m'essayer avec elle ! Qu'elle me prenne enfin en main et me fasse subir tous les outrages qui lui passeraient par la tête. J'étais prêt à tout affronter, de la cursive à la gothique, de la sténo à la cunéiforme la plus brutale… Je m'efforçais de rester digne, mais l'incontinence d'encre me guettait si elle ne m'étreignait pas rapidement. Avant que je ne tache ses doigts d'un spasme irrépressible, elle s'est mise à écrire sur la nappe de restaurant où nous fêtions à la fois ses vingt-quatre ans et son premier diplôme de journaliste.

Pris en main comme je l'étais, avec une pression juste et délicate, je puis dire que j'ai montré tout mon savoir-faire. Des pleins aux déliés, avec un léger effort sur les lettres rondes et les jambages… Ce sont des mots en relief qui sont sortis de ma plume. La calligraphie était si belle que Betty en gloussait de plaisir, tout en rimant, sur la nappe, un poème dédié à ses parents. Les larmes aux yeux, Papa et Maman supplièrent qu'on leur abandonnât ce témoignage filial, auréolé de taches de vin.

L'air de rien, Betty m'avait testé et mis à sa main, elle avait éprouvé l'écartement de mon bec et ma production d'encre, me mettant presque à nu. Décapuchonné, dévissé, mes capacités internes avaient été scrupuleusement évaluées. La visite physique dut être satisfaisante, puisque Betty m'a rhabillé, toiletté avec un coin de nappe (ce n'était pas nécessaire) puis, de ses longs doigts de pianiste, elle m'a caressé une fois encore avant de me glisser à cru — mais oui ! sans étui ! — dans sa gibecière indienne.

Ému par les épreuves que je venais de subir, j'ai ignoré le bazar inouï que je rencontrais, succombant aux effluves d'encens, de patchouli et de Chanel qui m'arrivaient par bouffées et m'aidaient à supporter ma solitude dans cette obscurité féminine.

Nous ne nous sommes plus quittés. Notre lune de miel a duré des années. J'étais omniprésent dans sa vie et elle avait pour moi les attentions les plus subtiles. Nous vivions des corps à corps qui pouvaient durer des heures.

Les moments les plus jouissifs étaient ceux où nous cherchions l'inspiration, le verbe, le mot juste qui ferait mouche. Et là, — ô ravissement ! — elle me portait à sa bouche, à ses lèvres pulpeuses, suçotant mon capuchon, emplie de doutes. Mon étoile blanche en rosissait de plaisir. Elle me caressait parfois sur sa joue ou jouait avec ses cheveux, puis nous nous reprenions en main et l'inspiration venait. Au triple délié, je m'exécutais, noircissant la page de signes cabalistiques que seuls les clavistes décoderaient.

Sa rubrique « Spectacle, théâtre et cinéma » l'amenait à écrire son papier la nuit, au sortir des séances, à chaud. En cultivant son impression première, elle prouvait son authenticité, refusant l'influence éventuelle de ses confrères ou le piège du réchauffé. Elle adorait cette contrainte, savourant la pression que créait l'obligation de boucler avant deux heures du matin. Le va-et-vient de ses collègues, le bruit étouffé des rotatives, les regards impatients du responsable de la Une, suivis des coups de gueule du rédac-chef généraient une adrénaline qui sublimait nos écrits. L'angoisse montait d'un cran quand sortait la maquette, toute ruisselante d'encre fraîche. Relecture rapide, remarques croisées entre le chef et les rédacteurs, coup droit, revers, smash… et la sentence tombait : « Betty, je t'ai demandé 1200 mots maxi, pas 2200 ! Tu me reprends ça ! » Peu importait que le texte soit brillant, plein d'émotion ou d'humour, nous devions cracher 1200 mots et pas un de plus. Soumis à cette exigence inhumaine, par des ratures, des renvois de paragraphes, des mots soulignés indispensables, nous réglions son compte au rédac-chef. Comme elle était brillante, ma Betty ! Elle savait préserver sa qualité d'écriture par un synthétisme passe-partout. Je crois pouvoir dire que je ne m'en sortais pas mal non plus. En quatre mois nous étions passés de la rubrique « Faits-divers et chiens écrasés » à celle, bien plus noble, des « Spectacles et nouvelles régionales ». Une sacrée promotion !

De nombreux signes témoignaient de son attachement à mon égard. D'abord, son refus farouche de me prêter à quiconque : « Ça pourrait le déformer, le bec est très sensible. C'est un Montblanc, on n'écrit pas tous de la même façon. » Il fallut voir sa détresse, le jour où elle crut m'avoir égaré ! Ou quand un de ses jolis cœurs, un architecte qui l'avait emmenée en boîte, s'était permis de m'extirper du fond de son sac pour faire un croquis à l'un de ses potes ! Même le disc-jockey avait dû s'arrêter, tant la dispute avait été bruyante. L'enchaînement musical avec Sardou, *Femmes des années 80* avait cloué joli-cœur sur place. J'étais fier de ma Betty, elle tenait à moi comme je tenais à elle.

Nous avons vécu des comptes rendus enflammés, des rubriques assassines où l'on flinguait à tout-va auteur, acteur et metteur en scène. Jamais nous n'avons été tièdes et, périodiquement, nous avons mis le feu au courrier des lecteurs.

Plusieurs fois, j'ai failli rendre l'âme. Sa frénésie rédactionnelle ou épistolaire n'avait de cesse que lorsque mes réserves s'épuisaient. Là, je devenais transparent, à sec, et ma plume s'enrayait. Éprise de son sujet, Betty m'essorait jusqu'à l'expulsion de ma dernière goutte. Alors, en transe, de ses beaux doigts fébriles, toujours sous le coup de l'inspiration, elle me rechargeait d'une cartouche neuve, m'essayait sur un brouillon, et c'était reparti ! Jusqu'à empêcher le bouclage de l'édition et courir chez le rédac-chef pour avoir l'imprimatur.

Les linotypistes, cruels, avaient baptisé Betty « Miss 25e heure ».

J'étais fier de nous, nous formions un beau couple. Et j'étais de toutes les signatures.

Et puis, les choses se sont gâtées. De promotion en promotion, de rubriques régionales en politique nationale, le vent a tourné, je me suis ringardisé, et, horreur ! Betty s'est informatisée.

La symbiose prolifique que nous avons connue, Betty se la joue désormais avec un petit Mac, soi-disant portable, qu'elle fourre également dans son sac. Dans les tréfonds de sa sacoche, le côtoiement est inévitable, mais le mépris l'emporte. Je n'ai rien de commun avec cet engin clignotant et toujours surchauffé.

Le monde que j'ai connu s'effondre, mais je demeure lucide. Betty m'emploie encore régulièrement, comme pour légender les photos qui illustrent l'un de ses articles sur les dégâts du terrorisme et, bien entendu, je l'aide de mon mieux.

Et voilà qu'un jeune blanc-bec passionné de photos et d'informatique lui propose des clichés numérisés et joue du copier/coller avec toutes les légendes possibles.

« Ces gens sont morts pour rien ! » est la légende provocatrice que sélectionne Betty pour la photo d'un charnier. Ébloui, cet ahuri de photographe lui confie alors l'ensemble de ses clichés et je sens le glissement irrépressible qui s'opère devant moi : pour des raisons soi-disant « pratiques », elle rédigera, dès lors, toutes ses légendes au clavier. Autant de caresses qui ne me sont plus destinées. Et de surcroît, elle s'y investit des deux mains.

Grandeur et décadence ! Je ne pensais pas que ma Betty puisse tomber si bas. Même si certains signes démontrent qu'elle m'a conservé un peu de son amour, je suis désormais absent de ses grandes frénésies littéraires et des salles enfumées de la rédaction. À dire vrai, je me consacre à des tâches plus nobles : je remplis des chèques, je signe des contrats et des procurations. Je ne « pisse » plus de la copie.

Dans le fond, je sais bien qu'elle ne l'aime pas comme elle m'a aimé. Avec lui, elle a parfois la main lourde. Je n'apprécierais pas du tout, mais alors, pas du tout, me faire titiller les lettrines comme elle le fait, en les percutant de ses doigts crochus et nerveux. Il faut voir l'état brûlant de fièvre dans lequel ce pauvre Mac termine ses prestations ! Alors, dans mon coin, au chômage technique, j'écoute crépiter cet imbécile, essayant d'être performant, chaque fois que Betty s'intéresse à moi : pas de tâche inopinée, pas de pâté ni de saleté au bec. Les silences auxquels je suis contraint s'étirent pourtant de plus en plus, m'amenant lentement au bord du désespoir. Sans doute une épreuve des dieux.

Et puis… tout bascule à nouveau.

Je viens de vivre des instants palpitants, une véritable fontaine de Jouvence ! Il faut que j'en parle, sinon j'en baverai de dépit comme un Bic !

J'étais conscient que notre grand amour touchait à sa fin, que Betty et moi avions écrit nos plus belles pages, mais je ne pensais pas rebondir de la sorte. Alors que je croyais finir sur une étagère à souvenirs, parmi de grosses peluches ou au fin fond d'un tiroir de bureau, Betty m'a confirmé qu'elle restait une femme exceptionnelle.

Un week-end, après une soirée au champagne dans un tête-à-tête avec sa collègue parisienne Samantha, Betty m'a pris à bras le corps pour signer la note. Puis, d'un geste doux, un brin théâtral, elle m'a déposé sur la main avancée de Samantha, en lui murmurant : « Ma chérie, dans les grands reportages d'actualité il te sera plus utile qu'à moi. J'y tiens comme à la prunelle de mes yeux, tout comme je tiens à toi. Tu n'apprécies pas l'informatique, lui non plus. Il ne m'a jamais fait défaut, jamais lâchée, jamais tachée. Il m'a aidée à trouver mes mots, tous les mots d'amour que je t'ai écrits… Avec lui, quand tu me répondras, je vous reconnaîtrai. »

Quoi de plus beau ? Me voilà devenu un témoignage d'amour ! Sur un petit nuage, je rêve à ma nouvelle vie et contemple un avenir plein de lignes bleu horizon. J'ai une nouvelle maîtresse !

Leurs deux mains se sont réunies sur mon corps avant de se porter aux lèvres de Samantha, et de Betty qui avançait les siennes. Entre ces deux femmes qui échangeaient un tendre et long baiser, j'étais euphorique, prêt à repartir pour de folles aventures, de nouveaux épisodes et, pourquoi pas, des tomes entiers. Dressé phalliquement entre leurs mains scellées, submergé par cet amour qui osait s'afficher publiquement, pour la première fois de ma vie, je n'ai pas résisté, j'en ai pleuré de plaisir.

… Auriez-vous des nouvelles de Betty ?

Tout est calme. Mal réveillé, engourdi par le bruissement discret de la pluie sur le toit en tôle et par le murmure plaintif de la gouttière, je regarde, fasciné, des ombres qui se posent parmi les ombres, qui s'organisent pour m'encercler. Dans le cirque de Mafate, à Marla, l'un des îlets les plus mal desservis de tout l'archipel, je me rends compte que l'hallali est proche. Ces hélicos qui tournent en pleine nuit ne sont pas là pour les touristes !

Derrière les nacots noircis par la fumée, je devine que le plafond restera bas toute la journée. Il « farine » et, du côté du col des Bœufs, une pâle clarté annonce le jour.

Coup d'œil à ma montre : cinq heures moins deux, presque l'heure légale. À travers les carreaux sales du coin cuisine, je les aperçois, pitoyables avec leurs gilets pare-balles et leurs casques d'assaut. Tout ça pour moi, c'est trop d'honneurs ! Qu'est-ce que je fais ? Je me rends ? J'attends la curée ? Un grand gaillard en chemisette, porte-voix à la main, s'avance sur le chemin. Sûrement pour parlementer. Comme si j'étais un bandit de grand chemin !

Soudain, je n'ai plus envie de me dérober. Le poids est trop lourd, je n'en peux plus. Alors, puisqu'il se montre téméraire, je l'invite à approcher jusqu'au panneau de bois qui me sert de porte et je me mets à parler, à lui raconter. Tout.

⬤

J'aurais pu naître avec la bosse des maths, monsieur le commissaire, avec l'oreille absolue ou la fibre musculaire du sprinter. Je suis venu au monde avec des papilles effervescentes, avides de goûts et de sensations, assoiffées de découvrir des saveurs toujours nouvelles. Pour certains, cela pourrait être un don ou un péché mignon. Mais j'ai de bonnes raisons de considérer ma particularité comme une tare, un handicap. Le psy de service dira sans doute que le stade oral de ma petite enfance a été mal négocié. En tous cas, aussi loin que remontent mes souvenirs, c'est avec ma bouche et ma langue que j'ai identifié et apprécié mon environnement, avalant tous les objets qui pouvaient l'être, qu'ils soient comestibles ou non. L'exploration des saveurs m'excitait, m'apportait bonheur et satisfaction, apaisement et plénitude. En comparaison, mes autres sens n'étaient que de pâles indicateurs ou d'éventuels auxiliaires jouant, dans le meilleur des cas, le rôle d'amplificateurs.

Enfant, mes rêves n'avaient rien de commun avec les motivations des gamins de mon âge. Mes copains, fans de vampires, d'Harry Potter ou de Superman, ignoraient tout de mes fantasmes.

Qu'aurais-je donné pour me laisser enfermer dans une pâtisserie, ou à défaut, dans le placard à confitures de ma grand-mère ! J'imaginais être oublié là, à la fermeture, par ma mère, femme adorable mais toujours distraite. Dissimulé sous un comptoir, enivré de senteurs pâtissières, je ne serais sorti qu'une fois les grandes lumières éteintes. J'aurais alors régné en maître sur les tartelettes adorables, les tiramisus fringants et le parterre de millefeuilles insolents qui débordaient de crème. Là, comme tous les dimanches, au traditionnel saint-honoré du repas familial, j'aurais pris tout mon temps pour organiser ma dégustation. Empli de respect et de ferveur, religieusement, les yeux mi-clos, fasciné par les couleurs, j'aurais évidemment commencé par mon favori : l'éclair au chocolat. Discrètement humée, la première bouchée, arrachée par une morsure tendre, mais imparable, se serait répandue sur ma langue avant de s'écraser délicatement contre mon palais.

Dans une alchimie merveilleuse, la crème chocolatée se serait alors mêlée au glaçage du couvercle pour former un mélange d'une sublime onctuosité avant de fusionner avec la pâte à choux. En déglutissant doucement, par fractions malaxées dix fois contre le palais des senteurs, après un ultime frisson, j'aurais achevé l'opération par un léchage minutieux des doigts, effaçant du même coup toute trace du délit. Et puis…

Ah, monsieur le commissaire, que celui qui n'a jamais connu la détresse et la frustration d'un enfant tétanisé par la devanture d'un pâtissier me jette le premier chou. Avez-vous des enfants, monsieur le commissaire ?

Plus tard, j'ai irrésistiblement glissé de la pâtisserie — qui ne détenait plus aucun secret pour moi — vers les glaces et les sorbets. Je grandissais, et mon adolescence devenait boutonneuse, mais conquérante et partageuse.

Aucune fille, même en nos temps du tout-informatique, ne résiste à l'invite de partager une glace. Un ciné, une boum, elles se méfient, c'est normal. Mais une glace, où est le piège ? Avec le temps, j'ai affiné ma technique. Dès que ma proie avait le cornet en main, lorsque, les yeux pétillants, elle allait attaquer de bon cœur la friandise que lui tendait le marchand, j'intervenais :

— Stop ! Surtout pas ! Regarde ta glace : les cristaux sont encore solides, tu vas brûler ta langue. Tu perdras les arômes de la pistache…

Interloquée par mon attitude navrée de spécialiste, elle suivait mon conseil d'attendre la première coulée, de lécher, en respirant, le pourtour du cornet tentateur, de savourer le mélange semi-pâteux qui récompensait cette patience, et de ne croquer le cornet gaufré que bien après. La dégustation se faisant stratégiquement dans un lieu discret. En vrai filou, j'avais pris soin de commander un parfum différent du sien, et lorsque sa bonté d'âme allait jusqu'à me tendre sa glace pour y goûter, je répondais, mystérieux :

— Sais-tu où le parfum est le meilleur ? Devine !

Et, après un temps de suspens, le regard enfiévré, j'ajoutais :

— Sur tes lèvres, rien que sur tes lèvres.

Mon invitée craquait le plus souvent, et timorée de prime abord, elle prenait des initiatives oublieuses de crème, glace et cornet. Victoire !

Les baisers sucrés et maladroits, tous aux parfums basiques, m'avaient permis de sensibiliser mes partageuses d'acné à des échanges fins et gourmands que je pimentais par des dégustations en aveugle. Le film *9 semaines ½* m'avait beaucoup inspiré. Épreuves émoustillantes, riches en émotions, en pillages de frigos et en découvertes, bandeaux sur les yeux, de strings et de formidables saveurs.

Combien de fois, en rentrant le soir dans ma chambre d'étudiant, au cinquième étage d'un immeuble parisien, j'ai été assailli par un grésillement d'oignons frits, prélude à un plat méridional où une sauce avec poivrons et basilic devait l'emporter ! J'en salivais d'avance. Agressé olfactivement en plein escalier, soit je toquais à la porte, et par ma faconde et mes suggestions culinaires, j'arrivais à m'emparer de la cuisine en faisant de ma voisine une complice en alchimie culinaire, soit, éconduit, ma frustration n'avait alors d'égal que mon esprit revanchard. Si mes moyens l'autorisaient, je fonçais au marché et raflais les légumes les plus frais, les plus belles pièces de viande et quelques aromates ensorceleurs. Je pressais le pas, car l'envie d'en découdre avec l'épluche-légumes ou la planche à découper avivait ma faim. J'anticipais, je visualisais déjà mes préparations, ma bouche en salivait et mon estomac se tordait. Il urgeait d'arriver !

Ce talent accepté et reconnu me valut, quelques années plus tard, une proposition inattendue de la part d'un grand journal parisien. Et me voilà recruté — d'abord à l'essai — comme critique gastronomique. Mes papilles frisèrent l'apoplexie. Cerise sur le gâteau, j'étais payé pour ça !

« Oh, toi, la gourmandise te perdra ! » m'avait cent fois promis ma mère.

Vous êtes la preuve qu'elle avait raison, monsieur le commissaire. Mais à cette époque, l'engouement général pour la cuisine moderne m'ouvrait de formidables perspectives professionnelles. Cette cuisine promettait une infinité de nuances inédites et subtiles, mises en valeur par une présentation joyeuse et colorée. Toujours sur des assiettes surdimensionnées… Monsieur le commissaire, honnêtement, est-il honteux de se régaler ? De partager les émotions gustatives issues d'un plat signé par un chef renommé comme Bocuse ou les frères Troisgros ?

Avec leurs confessions et certains secrets de leurs talents, parfois obtenus à la fin des repas, j'alimentais mes rubriques de remarques assassines ou de louanges méritées pour tant de surprises émotionnelles. La dernière tablée partie, dans un tête-à-tête avec pousse-café, ils m'avouaient tout de leur recherche axée sur une recette révolutionnaire — cuisine moléculaire — ou de leur subtile stratégie pour gagner une nouvelle étoile dans un guide international.

Un soir, après une dégustation de haute volée dans un restaurant du célèbre Ducasse, je poussais dans ses retranchements le grand chef venu me saluer — on devenait de plus en plus prévenant et empressé à mon égard — lorsqu'une petite voix, à la table voisine, se mêla de l'interview. J'avais réussi à déstabiliser mon interlocuteur selon ma technique habituelle consistant à énumérer tous les ingrédients utilisés, lorsque l'insolente réflexion se fit entendre : « À mon avis, il faudrait ajouter une pointe de combava. » Quel culot ! Mais, à bien y réfléchir, elle avait sans doute raison.

L'insolente était une charmante créole, plantureuse et pleine d'humour. Dans la minute suivante, j'appris qu'elle était réunionnaise et représentante en mode pour femmes fortes, ce qui l'amenait à sillonner largement les routes de notre beau pays. Enjouée, très nature, aimant la vie et la bonne chère, Coralie — prénom des îles — se consolait de sa vie nomade en festoyant de temps à autre dans un temple de la gastronomie. Chaleureusement conviée par le chef, elle s'installa à notre table au moment du dessert, me donnant l'occasion de découvrir avec stupéfaction la multitude de points que nous avions en communs. Il n'en fallut pas plus pour motiver quelques entorses à nos plannings respectifs. Nous en vînmes rapidement à voyager ensemble, savourant nos étapes dans des auberges cossues ou de grands restaurants classés. Progressivement, avec tact et gentillesse, Coralie m'initia à sa cuisine épicée dont l'exotisme vint renouveler mes pratiques ordinaires.

La Réunion ! Un creuset où se mêlent avec bonheur des saveurs venues d'Afrique, de Chine, de Madagascar ou des légendaires côtes des Malabars. Entre sa kitchenette et les excellents restaurants spécialisés qui figuraient dans son carnet d'adresses, une ronde endiablée de rougail saucisses, de roumazav, de Fo Yam et de cari Ti'Jacques courait à l'infini. Le piment-oiseau, le cumin, le curcuma ou le kalou pilé n'eurent bientôt plus de secrets pour moi. Pas plus que Coralie ! Mon nouvel amour m'amenait à nourrir mes rubriques de samoussas comparés, de poulet-coco à la vanille ou de rougail bringelles aux subtils arômes. Mon enthousiasme était sans doute contagieux, car le courrier des lecteurs devint aussi volumineux que dithyrambique. Convaincu, le rédacteur en chef me proposa alors de glisser sur les aspects de la cuisine gourmande… dans le monde entier.

J'étais sur un nuage.

Hélas, un soir de septembre, rentrant un peu trop tôt chez moi, suite à un rendez-vous reporté, je trouvais sur la console de l'entrée une enveloppe à mon nom :

Cher Antoine,

Il faut que nos chemins se séparent.

Tu as été un compagnon formidable, mais, depuis que je te connais, j'ai pris dix-huit kilos et je ne me supporte plus.

Adieu, tu as été un amour, mais, je t'en prie, restons-en là.

Je t'ai aimé.

Pardonne-moi.

Coralie

J'étais abasourdi.

Un bruit provenant de la cuisine me fit alors tressaillir. Je m'approchai. Mon amour, ma complice, ma compagne était là, la tête dans le frigidaire, accroupie, en train de charger des victuailles.

« Mais Coralie, qu'est-ce que tu fais, qu'est-ce qui se... »

Surprise, elle se dressa d'un bond. Son pied droit bloqua le bas de sa longue robe chasuble et, ainsi déséquilibrée, elle partit en piétinant vers l'avant, les bras encombrés. Elle ne put éviter le plongeon sur la table en marbre du salon qu'elle percuta de la tête. Son corps rebondit sur le sol, me montrant son temporal cruellement enfoncé.

La façon dont elle tressautait ne laissait rien augurer de bon. Son regard devint bientôt fixe et vitreux et, sous mes doigts, l'absence de pouls glaça mon propre sang.

J'aurais tant voulu remonter le temps ! Cinq petites minutes ! Mon Dieu, s'il vous plaît, stoppez cette mauvaise mise en scène, arrêtez le massacre, pas Coralie, pas elle !

Ma main, prête à composer le numéro du SAMU, s'immobilisa pourtant.

N'allez pas croire ce qu'on raconte, monsieur le commissaire, j'ai sincèrement aimé Coralie. Elle a été ma complice, ma maîtresse et ma muse.

Et elle s'est montrée délicieuse, comme toujours.

Goya et sa muse

« La rêverie… une jeune femme merveilleuse,
imprévisible, tendre, énigmatique, provocante,
à qui je ne demande jamais compte de ses fugues. »

André Breton

Installé une fois de plus devant les deux *Majas* de Francisco de Goya, je me laissais emporter dans cette douce rêverie qui, insidieusement, remplace par l'affabulation personnelle une réalité dont la clé nous échappe.

— Mon cher Antoine, je vous le redis, elles ne sont pas à vendre ! Vos collègues sont au rez-de-chaussée, en salle de conférence…

Gentiment, Carmen de Las Fuentes, l'organisatrice de ce séminaire à Madrid, me laissait entendre que ma présence en qualité de rédacteur en chef de la revue *Arts et Histoire* serait sans doute mieux appréciée ailleurs. Le musée du Prado, dans une grande opération de communication internationale, inaugurait cette semaine-là une partie de ses locaux dédiée aux collections espagnoles. La señora de Las Fuentes était chargée d'accueillir, trois jours durant, les journalistes invités. À cette occasion, Carmen, conservatrice généreuse et diplomate, avait obtenu le prêt exceptionnel de tableaux de maîtres espagnols, habituellement exilés aux quatre coins du monde. Nous étions subjugués. Et pourtant, depuis mon arrivée et la visite de cette section rénovée de la pinacothèque du Prado, je n'arrivais pas à quitter des yeux les deux tableaux de Goya : *La Maja desnuda* et *La Maja vestida*, sans avoir encore compris la raison de ma fascination.

Dans ma classification tout arbitraire, je considérais que Francisco de Goya n'avait jamais su égaler Vélasquez ou Rembrandt. Je ne l'en appréciais pas moins pour ses portraits, ses eaux-fortes, ou pour le réalisme de certains témoignages picturaux des atrocités napoléoniennes (*Dos de Majo* et *Tres de Mayo*), capables de rivaliser, par leur puissance d'évocation, avec des reportages modernes. Mais le fait qu'il ait produit, dans des postures identiques, deux tableaux des mêmes personnes : les *Majas* nue et vêtue, et la duchesse d'Albe en robe blanche, puis vêtue de noir une fois devenue veuve, m'intriguait considérablement.

Fasciné tout d'abord par la beauté du modèle, sa nudité pulpeuse, son attitude offerte, le rouge aux joues et les bras écartés, heureuse comme une femme qui affirmerait son droit à l'amour et au plaisir, je la trouvais tout à la fois empreinte de sérénité et de provocation. Peindre le frisottis des poils pubiens avait été d'un avant-gardisme suicidaire, car, en 1795, l'Inquisition était encore virulente en Espagne. Seule la représentation du visage m'intriguait. Il paraissait avoir été rapporté.

Ma pensée vagabonde ne cessait de déraper. Malgré moi, depuis mon arrivée — l'ambiance amicale des congrès et des retrouvailles euphoriques entre experts aidant, la beauté farouche de ma collègue également —, c'est Carmen que j'entrevoyais sous les traits de *La Maja nue*.

Je sais. Je n'aurais pas dû me laisser aller à ce genre de dérive. Mais comment empêcher son esprit ou son inconscient de faire apparaître des images, des suggestions ?

L'illogisme des situations m'intriguait de toute façon. Pourquoi ce nu était-il antérieur de cinq années à la réalisation du modèle vêtu ? Quand on sait qu'il resta dissimulé et ne fut rendu public qu'en 1910 ! Selon la légende, au décès de la duchesse, il fut récupéré par le Premier ministre de l'époque, Manuel Godoy, qui en fit le joyau de son cabinet secret. Par le jeu d'un mécanisme avant-gardiste pour l'époque, le tableau de *La Maja vêtue* pouvait coulisser et découvrir *La Maja nue* aux yeux du visiteur ébahi. Ce cher premier ministre était alors l'amant de la reine Marie-Louise de Bourbon-Parme, épouse de Charles IV d'Espagne. Eh Oui ! La cour de cette époque ne bruissait que d'intrigues, de marivaudages et de badinages où la reine et la duchesse d'Albe tenaient toute leur place.

— Mon cher Antoine, vous préparez une thèse ou un article assassin contre ce pauvre Goya ? N'oubliez pas qu'il était sourd et qu'il n'entendra rien de vos critiques. Allons ! accompagnez-nous. J'ai récupéré nos amis hollandais qui allaient s'égarer chez leurs peintres flamands. Nous avons besoin de vos lumières pour la synthèse de ce séminaire. *Puede ser* ?

Prenant le bras qu'elle m'offrait, j'eus à nouveau le sentiment de côtoyer le modèle de Goya en chair et en os. Surtout en chair, à vrai dire. Prêt à faire toutes les synthèses œcuméniques qu'entraînait ce privilège, je quittai sans regret le canapé central, piège de mes contemplations. Dans l'aile rénovée qui rejoignait la salle de conférence, Carmen me ramena pourtant à mon obsession :

— Antoine, mon cher, vous le savez, chaque peintre a besoin de sa muse et pour Goya, il en fallut plusieurs. Si certains affirment que c'est la duchesse d'Albe que l'on retrouve dans ces quatre tableaux, d'autres vous soutiendront que c'est Pepita Tudo, une autre de ses maîtresses, qui servit de modèle. Impossible de trancher la question définitivement.

De retour à Paris, après de chaleureux adieux, j'étais décidé à dépouiller ce sujet de son habit de mystère, tout comme à conserver un contact avec la belle Ibère. Je poussai mes investigations et découvris quelques détails susceptibles d'accréditer ma thèse. Excité par ces découvertes et soucieux de la remercier je lui fis part de mes avancées :

Ma chère Carmen,

Encore une fois, merci pour ces trois jours exceptionnels passés au Prado. J'aurais pu vous envoyer un e-mail, mais les amateurs d'art que nous sommes apprécient souvent le charme désuet des longs courriers rédigés à l'ancienne. On y pèse davantage les mots, et une lettre n'a pas la concision brutale d'un message surgi de l'ordinateur, surtout pour défendre une thèse qui n'a pas eu, jusqu'à présent, l'heur de vous convaincre.

Nous avons eu la chance que la maîtresse de maison, la conservatrice, soit aussi belle qu'érudite, et heureuse dans ses initiatives, comme la fête du dernier soir. Permettez-moi donc, Carmen, de revenir sur notre conversation, celle que nous avons eue à la Bodega del Rey. Entre deux démonstrations de flamenco et de zapateado, têtu comme un catalan que je suis, je maintenais que les modèles qui ont posé pour les *Majas* et les tableaux de la duchesse d'Albe ne relevaient que d'une seule et même personne. Goya, en devenant premier peintre du roi, s'est attiré la clientèle des courtisans et surtout de la seconde dignitaire après la reine : la duchesse d'Albe.

La *Maja* nue, ma chère Carmen — et sur ce point, nous sommes d'accord — est concomitante (1794) des portraits en pied du duc, et de la duchesse d'Albe en blanc, que Goya voyait très régulièrement en allant au palais de Liria, à Madrid. À cette époque, la duchesse, mariée depuis l'âge de treize ans, n'a que trente-deux ans et un mari malade qui décédera l'année suivante. Dans les potins de la Cour, celle qui était devenue la muse « del sordo », Goya le sourd, avait pris goût à sa peinture, à sa propre mise en valeur. Dans un caprice de la duchesse d'Albe, Goya eut le privilège de la maquiller avec sa peinture. Je suis certain qu'il s'agit là du point de départ de leur liaison. En voulez-vous la preuve ?

Voici un passage d'une lettre envoyée à Martin Zapater, son indéfectible ami, le 2 août 1794 : « Tu aurais dû venir m'aider à peindre la duchesse d'Albe qui est venue hier au studio pour que je lui peigne le visage. Elle a obtenu satisfaction et, sans nul doute, cela a été plus plaisant que de peindre une toile. Il va falloir que je lui peigne le corps tout entier. »

Que pouvait penser la duchesse d'Albe, courtisane assidue, baignant à la Cour dans une ambiance d'intrigues galantes et de marivaudages, du grand peintre Goya ? Certes, elle était dignitaire de longue lignée, tandis que Goya, de simple extraction, n'était qu'un artisan-peintre de la Chambre du roi. Laissez-moi, toutefois, recomposer les pensées de la duchesse telles que je les imagine : « Goya est sourd, sourd à tous les racontars de la Cour ! Il ne vit que dans son monde, et son monde c'est l'art ! C'est un être à part, et il m'apprécie. Cela se sent dans les esquisses et les portraits qu'il fait de moi sans se lasser. De surcroît, il ne peint que les grands d'Espagne. »

Bien entendu, il ne reste aucune trace formelle d'une déclaration de ce genre, mais ne vous semble-t-elle pas plausible ? Pour ma part, je distingue trop de traits semblables entre la Maja et la duchesse, et le doute n'est plus permis : elle fut bien sa muse !

À bientôt vous lire, chère amie. Je cours au Grand Palais où se prépare l'exposition exceptionnelle de votre idole : Vélasquez ! Par ailleurs, si vous venez sur Paris, faites-moi signe. Mon loft est immense et j'y vis seul. Ce serait un ravissement que de vous avoir rien qu'à moi, pour vous questionner à loisir. Nous aurions tant de choses à nous dire !

Je vous embrasse,

Votre Antoine Duchaume

PS : Une liste des tableaux que vous envoyez sur Paris me permettrait, avec votre aide, de faire un scoop dans ma revue.

⟶•⟵

Bonjour, Antoine,

Voyez, je suis très réactive ! Malheureusement, pour gagner un peu de ce sacré temps, je vous réponds par e-mail, car le choix des œuvres, leur acheminement, les assurances, la gestion de leur absence font que vingt-quatre heures par jour ne me sont pas suffisantes.

Non, Antoine, je ne rentrerai pas dans votre polémique. Si je vous donnais mon point de vue, vous en feriez votre une ! Si nous avions tranché le mystère des *Majas*, nous n'en parlerions plus aujourd'hui, n'est-ce pas ? Par contre, n'hésitez surtout pas à la relancer dans votre revue. Je suis heureuse du choix du Grand Palais, à défaut du Louvre, car Vélasquez mérite bien ça !

(Liste des tableaux de Vélasquez en annexe)

Je ne dis pas non à votre proposition de loft, le budget logement que m'accorde le Prado est proprement scandaleux, et ne me permet que de piètres deux ou trois étoiles, souvent imméritées, à Paris.

En votre compagnie, cela n'en sera que plus agréable.

Bises,

Carmen de Fonseca

Très chère Carmen, *qué tal* ?

Vous recevoir et vous faire découvrir ou redécouvrir Paris est un grand bonheur, car en dehors du Paris touristique et culturel, existe un Paris insolite que j'aime. Il vous surprendra ! Vous me donnez bien peu de retours sur mon enfant chéri, Goya. En fine diplomate, vous refusez toute prise de position sur l'égérie de Goya, préférant jouer l'ambiguïté. Est-ce de l'aveuglement ? Sachant que celui-ci l'a suivie dans sa retraite de deuil à Saluncar, loin de Madrid et de la cour pendant les six mois de son deuil. Autant le portrait en pied de la duchesse d'Albe en blanc est classique, autant le portrait de la duchesse en noir révèle — à la loupe — qu'elle porte deux bagues à la main droite, l'une avec les armoiries de la maison d'Albe, l'autre avec celles de Goya. Plus significatif encore, l'index pointe au sol, écrit dans le sable, un aveu passionnel « Solo Goya » : seulement Goya ! N'est-ce pas là la confirmation, l'annonce publique de son choix intime ? Elle qui savait déjà se montrer formidablement indépendante pour son époque ? Qu'en pensez-vous ?

Plus inquiétant, mais dramatique cependant : quelques écrits, dont nous disposons font état du goût pour la princesse d'apparaître à la Cour, dans certaines fêtes, peinte de pied en cap par son peintre énamouré. Savez-vous à quel âge est morte la duchesse d'Albe ? Quarante ans à peine, en 1802 ! Peinte plusieurs fois, hélas, parfois au quotidien, avec des peintures au pigment de plomb. Rappelez-vous, Carmen : en 1793, Goya, malade, souffrant, dans l'antichambre de la mort, ne survivra qu'avec un handicap irréversible dû au saturnisme : sa surdité. Ce malheur l'isolera toute sa vie et l'amènera dans un monde de délires dont certaines œuvres sont le vif reflet. Un monde de souffrance comme celui du Caravage, ou de Beethoven, diminués eux aussi, en leur temps, par le saturnisme. L'un pour la même raison, puisqu'il usait de peinture au plomb ; l'autre, le musicien, intoxiqué par le vin importé de Hongrie, à forte teneur de cet additif qui lui donnait un goût sucré. Si l'on ajoute que ce breuvage était consommé dans des chopes en étain, la boucle est bouclée.

Mes recherches à la Bibliothèque nationale n'ont encore rien donné concernant le décès et l'autopsie de la duchesse d'Albe. Mais je ne désespère pas. Quand je me passionne pour un auteur ou un artiste, j'ai pour principe de le radiographier et de pousser sa connaissance jusqu'à l'intime, et les misères de notre cher Goya m'ont sincèrement désolé.

Mon enquête m'a tout de même permis d'écarter une hypothèse qui me semblait déjà farfelue : Pepita Tudo n'a pas pu servir de modèle aux *Majas*. À la date des premières esquisses, en 1790, elle n'avait que onze ans. Je vous laisse conclure.

Et vous ? Détiendriez-vous quelque secret jamais dévoilé qui pourrait lever une part du mystère ?

Ma chère Carmen, je suis ravi de vous héberger pour cet événement du Grand

Palais. Confirmez-moi votre arrivée à Roissy, ce sera un plaisir que de vous accueillir. Je vous embrasse,

Votre Antoine

E-mail de Carmen

Mon cher Antoine,

Je serai parisienne vendredi, puisque j'arriverai à Roissy à 9 h 15, accompagnée de mon ami José Paredes, journaliste d'El País, qui vient également couvrir l'événement. Il sera très heureux de vous connaître.

À vendredi, bises.

Carmen

Téléphone cellulaire de Carmen,
après son arrivée sur Paris

— Allo, Antoine ? Ah ! Je suis déçue que vous vous soyez fait représenter par un collaborateur pour mon arrivée. Il a été charmant, il m'a accompagnée jusqu'au loft, et là, seule, assise sur ma valise dans cet espace immense, je dois dire que je suis cruellement vexée que vous ayez choisi de vous enfuir pour assister à la biennale d'Amsterdam.

— Comment ça, vous êtes seule… Et votre ami José Machin n'est pas avec vous ?

— José Paredes ? Allons, Antoine, je sais que mon français est parfois approximatif, mais tout de même ! Je vous ai parlé de mon ami A-M-I, pas de mon petit ami, ni de mon compagnon ni de mon amant ! Je connais José Paredes depuis le lycée, et je voulais vous le présenter, car il a écrit tout un bouquin sur Goya, et il est intarissable sur ce sujet. Antoine, nous nous connaissons à peine et vous feriez déjà preuve…

— … de susceptibilité ou d'orgueil mal placé, et je m'en excuse humblement. J'ai été stupide, Carmen. Débouclez votre valise, visitez le loft et installez-vous. J'ai un TGV dans deux heures. Je serai à vos côtés, ce soir, au cocktail de préouverture pour la presse. Vous savez combien je vous adore, Carmen, et l'idée que…

— Antoine, soyez gentil, ne ratez pas votre train.

— J'arrive !

En visitant le loft, Carmen s'arrêta devant la belle glace florentine qui dominait un lit immense, et son reflet la surprit. Dans cette tenue blanche, un peu vaporeuse, elle se dit qu'elle ressemblait effectivement à la Maja de Goya.

À *La Maja vestida*.

Pour le moment.

Ma chère Élisabeth,

Vous vous êtes plainte, lors de notre dernière rencontre que je ne vous parle pas plus souvent de mon enfance et de ma jeunesse.

Lisez ces quelques lignes, et je répondrai ensuite à toutes vos questions.

———•———

J'en voulais à la terre entière. De la hauteur de mes quatorze ans, je ne comprenais pas ce qui nous était tombé dessus.

Dans ce Paris de novembre 1872, dévasté par les insurrections de la Commune et le blocus prussien, la famine et la misère s'étaient installées. Mon père et mon frère, très honorablement connus dans tout le faubourg Saint-Antoine comme Duval Célestin et Fils, maîtres ébénistes tapissiers, avaient été lourdement condamnés pour leur participation à l'insurrection. Les juges expéditifs et revanchards leur avaient généreusement octroyé huit années d'exil. Huit années qu'ils purgeraient comme déportés politiques dans le récent bagne de Nouvelle-Calédonie.

Seul, avec ma mère hagarde et désemparée, je fuyais ses perpétuelles lamentations. J'étais trop jeune et inexpérimenté pour m'occuper seul de l'atelier déserté. Nous avions donc revendu les meubles qui étaient négociables et le plus clair de mon temps se passait à rôder dans les environs du faubourg, en quête de petits services à rendre pour quelques sous.

C'est en voyant la détresse de gens misérables, déambulant leur baluchon sur l'épaule du côté de la place de la Bastille, que me vint une idée lumineuse. Je courus en avertir ma mère.

Je dus être convaincant et enthousiaste, car elle fut immédiatement d'accord. Oui, il fallait l'admettre, nous étions aux abois. Oui, notre appartement du premier étage, relativement confortable et bien meublé, pouvait être loué. Oui, la maison était trop grande pour nous deux, et nous pourrions nous replier sur l'atelier du rez-de-chaussée. Alors qu'elle y réfléchissait et envisageait la nouvelle disposition de notre lieu de vie, je sillonnais déjà le quartier, rendant visite aux amis commerçants ou aux connaissances de mon père, ceux qui nous saluaient encore, leur faisant connaître la bonne décision que nous avions prise.

L'attente ne fut pas longue. Le surlendemain, alors que le jour avait du mal à poindre, trois coups brefs nous surprirent en train de boire un ersatz de chicorée dans le petit coin cuisine récemment aménagé. Je rangeais vivement nos deux paillasses derrière l'établi d'ébéniste lorsque les coups brefs reprirent. À cette heure matinale, il ne pouvait être question d'un client venu récupérer son bien ou d'un voisin quémandeur de service. Mon annonce aurait-elle porté ses fruits ? Par l'entrebâillement du rideau de la fenêtre du jardin, je tentai d'apercevoir notre visiteur.

L'homme était grand, très grand, vêtu d'une cape grise usée qui traînait à terre et d'un vieil haut de forme cabossé, un de ces chapeaux que, par dérision, mon père, qui n'en portait jamais, appelait « décalitre ». Sans avoir vu son visage, j'ouvris.

Ma mère, inquiète, crispa ses doigts sur mes épaules en le voyant. De grands yeux bleu clair mangeaient un visage de rapace. Tout en nous dévisageant, l'homme d'une soixantaine d'années nous expliqua d'une voix basse, articulant bien chaque mot, qu'il était intéressé par notre annonce.

— Mon mari est actuellement en voyage et je ne sais si…, essaya ma mère.

— Je suis au courant de votre situation, Mme Duval. Ma proposition vous est faite en tout bien tout honneur et vous n'aurez pas à vous plaindre de ma présence sous votre toit. Si toutefois nous nous entendons ! Je m'appelle Nicolin. J'étais libraire à Montmartre, mais avec tous ces événements, j'ai vendu ma librairie.

Égoïstement, je souhaitais vivement que l'affaire se fasse, car je n'envisageais pas d'aller travailler, comme certains garçons de mon âge, à la manufacture de chaussures du quai Valmy ou à la réfection des rues de Paris. Compte tenu de l'état de nos finances, et bien que privé de l'apprentissage que m'aurait dispensé mon père, j'avais dû renoncer à aller à l'école à laquelle j'avais pourtant toujours trouvé beaucoup d'attraits.

Après avoir visité les lieux, le marché se conclut sur la base âprement négociée de dix-huit francs par mois, payables d'avance, avec chauffage à la charge du locataire. Notre hôte avait beaucoup apprécié la cheminée monumentale et l'indépendance d'accès du premier étage qui, en plus de l'escalier hélicoïdal intérieur, était également desservi depuis l'extérieur.

Le premier jour de décembre, les deux charrettes et la calèche qui amenèrent ses affaires ne paraissaient contenir que des vieux grimoires et des bouquins d'un autre temps, probables vestiges de son ancien commerce. Curieux, j'assistais à l'aménagement de cet homme qui venait s'installer dans notre vie. Des éprouvettes, des ballons, des tubes à essai et des bouteilles remplies de liquides aux couleurs séduisantes s'entassaient dans une malle des Indes.

Béat, fasciné par ce fatras insolite, je me demandais ce que cet étrange personnage pouvait bien en faire. Installé en haut de l'escalier, un œil sur le chargement, un autre sur les déménageurs, il donnait ses consignes sèchement et chacun s'affairait sans perte de temps et sans mots inutiles.

— Petit, il y a six sous pour toi si tu surveilles en bas lorsque je suis à l'intérieur. Comment t'appelles-tu ?

— Thomas, M'sieur. Comptez sur moi !

Ma mère, derrière les carreaux de l'atelier, ne perdait pas une miette du manège. C'est la troisième charrette, celle qui vint livrer le bois, qui la fit sortir de sa cachette. Jamais nous n'en avions entreposé une telle quantité ! Des bûches énormes, des troncs fendus en deux furent charroyés jusqu'à l'étage dont la soupente s'avéra rapidement saturée. Le bois ne pouvant rester dans la rue, le restant fut entreposé dans l'atelier.

Perplexe, ma mère était partagée entre les regrets d'avoir laissé cet individu prendre pied chez nous et la fascination inavouée que lui inspirait ce personnage singulier et mystérieux. Je reconnais que son regard bleu hypnotique, son allure de grand corbeau installé sur le perchoir du balcon avaient de quoi inquiéter cette brave femme sachant à peine lire et compter. Avec ses remerciements et la petite prime qu'il m'avait promise, il me remit un exemplaire des *Fables de La Fontaine*, en précisant bien qu'il me le prêtait, mais que je pourrais l'échanger une fois lu. « Une fois lu et compris ! » avait-il ajouté.

Et M. Nicolin s'installa dans notre vie.

Au cours des froides et courtes journées de ce mois de décembre, nous eûmes tout loisir d'observer ses habitudes. Ce monsieur menait une vie retirée, sans cesse penché sur un pupitre où un gros livre ventru devait lui raconter des secrets qu'à son âge il ne connaissait pourtant pas encore. Une vieille femme le ravitaillait en légumes deux fois par semaine et s'occupait de son ménage. Il se montrait particulièrement discret et, au premier étage, ses pas feutrés ne nous dérangeaient guère. Il veillait très tard, prenant toujours soin d'alimenter un feu important dans l'âtre. Nos soirées étaient à présent paisibles et douillettes, chauffées par la cheminée du locataire qui nous permettait d'économiser notre petite réserve de bois. Nous dormions bien.

Le vingt et un décembre de cette année-là restera cependant, à plusieurs titres, gravé dans ma mémoire comme l'une des journées les plus angoissantes de ma vie.

Au matin, nous avions reçu un marin fraîchement débarqué d'un bateau qui avait remonté la Seine, porteur d'une missive où se reconnaissait l'écriture si caractéristique de mon frère. Ce papier d'écolier, plié en quatre, sans enveloppe, avait bravé les océans et les tempêtes pour nous annoncer laconiquement que mon frère et mon père se portaient bien. Le voyage sur la *Danaë* avait été long et pénible, mais, à ce jour, ils ne manquaient pas d'ouvrage en menuiserie, seulement d'outils. Nous pouvions les rejoindre si nous le souhaitions. Les familles étaient acceptées et bienvenues sur cette île au peuplement déficitaire. Suivaient leurs signatures, Célestin et Louis Duval, père et fils sur l'île Nou, à Nouméa.

Le marin bourru avait ajouté :

— Dans trois mois, le *Calvados* repart pour le Pacifique. Il partira de Brest. Adieu.

Interloqués, passifs, nous n'avons rien ajouté. Mais à peine s'était-il éloigné que mille questions nous vinrent aux lèvres. Toute la journée, les conversations que j'eus avec ma mère furent alimentées par les idées les plus folles.

Cette lettre, que nous n'arrêtions pas de commenter à la lueur des lampes à pétrole de l'atelier, occupait notre esprit au point qu'il nous fallut du temps pour remarquer la chaleur particulièrement élevée qui régnait dans la maison. Une fois de plus, ce cher monsieur Nicolin devait brûler des troncs entiers. Ma mère alla se coucher et je décidai de relire la lettre une dernière fois. En chemisette, court vêtu, c'est au moment où je la rangeais dans le nouveau livre — *Les Aventures de Télémaque* —, que m'avait confié notre locataire, que l'événement se produisit : une boule jaune, tombée du plafond, frôlât mon visage avant de s'écraser sur le cuir de la couverture tout juste refermée, crépitant et dégageant aussitôt une odeur de viande trop grillée.

Levant les yeux, à la jointure de la dalle de l'âtre et du plancher, j'aperçus une autre boule en formation, plus jaune et plus éclatante que la précédente. Et, à travers les interstices du plancher, des volutes de fumée qui envahissaient notre étage.

Je réveillai ma mère en hurlant : « Nicolin a foutu le feu ! Viens vite ! On monte ! » Me ruant sur l'escalier intérieur en colimaçon que nous n'utilisions plus, nous nous heurtâmes à la porte verrouillée. Qu'à cela ne tienne ! Je bondis jusqu'aux outils de mon père et m'emparai d'un pied-de-biche avant de survoler les marches pour aller forcer la porte.

Dans l'âtre de l'étage enfumé, mille bûches énormes étaient embrasées. Des flammes endiablées léchaient le plancher et le manteau de la cheminée. À travers la fumée, assis sur l'une des chaises qu'avait fabriquées mon père, le sieur Nicolin, tête renversée et yeux au plafond, arborait un étrange rictus de béatitude.

— Mon Dieu, il est mort, il s'est étouffé ! s'exclama ma mère.

— Vite, tout va brûler !

En retirant vivement quelques bûches du feu trop virulent, j'aperçus, au cœur du foyer, un petit chaudron bouillonnant qui, surchauffé, déversait son trop-plein sur la pierre de l'âtre. Courant le long des joints, le liquide pâteux et doré qui s'en échappait rejoignait le parquet avant de s'infiltrer entre ses planches. C'est l'une des gouttes ardentes de cette substance qui m'avait alerté en tombant sur mon livre.

Une fois les bûches écartées et le feu calmé, ma mère et moi examinâmes cette pièce dans laquelle nous n'étions plus rentrés depuis un mois. Notre grande table ne supportait que cornues, tubes à essai et serpentins d'alambics aux liquides glauques, tandis qu'alentour, de vieux livres ouverts énonçaient des recettes, tantôt en latin tantôt en vieux français : *Hermès Trimégiste, Albert le Grand* pouvais-je lire sur la tranche de l'un des plus gros.

Il nous fallait réfléchir vite car, avec le cadavre de Nicolin dans la maison, nous devions rapidement donner l'alerte.

C'est le commissaire Javert, l'un des hommes les plus craints de la capitale, qui vint s'occuper de l'affaire. Le reste de la nuit avait été à peine suffisant pour faire disparaître l'or fondu qui émaillait les pierres et les lattes du plancher, puis traîner le chaudron solidifié, encore brûlant, dans un puits tari de l'atelier. En fin limier, le commissaire avait écouté le récit du drame avec attention. Il avait inspecté l'appartement du locataire défunt, puis nous avait longuement regardés avant de se confier :

— Vous ne connaissiez pas ce sieur Nicolin, venu de Montmartre, n'est-ce pas ? En vérité, Nicolin n'est pas son nom, mais son prénom. Son patronyme était Flamel. Votre hôte était l'arrière-petit-fils du célèbre alchimiste Nicolas Flamel. Sa librairie ésotérique était bien connue dans Paris. La rumeur publique prétend que son aïeul avait découvert la recette permettant de transmuter le plomb en or. La pierre philosophale ! Par trois fois, ce Nicolin a mis le feu à sa maison de Montmartre en tentant d'obtenir la température nécessaire à la transmutation. Ses tentatives ont toujours eu lieu aux solstices d'hiver, le vingt et un décembre. Chaque fois, d'après lui, un élément lui a fait défaut pour réussir. Il a passé sa vie à courir derrière la recette de son aïeul pour, au final, s'asphyxier avec ses préparations. Sa librairie ésotérique était bien connue dans Paris.

Javert marchait nerveusement en rond tandis qu'il parlait. À ce point de son discours, il marqua une pause et prit sa décision :

— Je vais faire enlever le corps. Vous n'avez qu'à vous dédommager des dégâts causés par la revente de ses affaires. Il n'avait plus de famille. Cela fait dix ans que je le surveillais. Je constate aujourd'hui que j'ai perdu mon temps.

La nuit même, ma mère, que je connaissais effacée, indécise et toujours prête à suivre la dernière opinion émise, me surprit par la témérité de ses propositions :

— Tous ces éclats, toutes ces coulures, on va pouvoir les négocier. Cet or, c'est la richesse qui nous tombe du ciel ! Et en plus, il nous reste le chaudron auquel nous ne toucherons pas. Tu vas pouvoir reprendre tes études…

En prospectant les orfèvres et les joailliers de tous les arrondissements parisiens, nous revendions de nombreuses petites coulures d'or aux formes et aux éclats insolites. Partout, la loupe grossissante du spécialiste reconnaissait l'excellente qualité de la marchandise proposée.

La vie, dans la maison du sieur Duval, rue du Faubourg-Saint-Antoine, reprit peu à peu son rythme. L'argent est un sésame : je fréquentais désormais le collège voisin où mes habits neufs me valaient admiration et considération. Et, le soir venu, la bibliothèque du vieil alchimiste nourrissait abondamment mon imagination et mes rêves. Lorsque j'allais y échanger un livre, j'en profitais pour rendre une visite respectueuse au chaudron, entreposé dans la malle des Indes. En soulevant le coin du sac de jute, j'apercevais le bloc d'or rutilant et figé qui avait débordé jusqu'à recouvrir entièrement le récipient. Il me fascinait et me conduisait parfois à lui parler ou à le caresser. Là était notre avenir !

Les cours du collège me passionnaient. Le petit traîne-savates du faubourg Saint-Antoine devenait un élève brillant et apprécié de ses professeurs.

Mais le destin semblait encore vouloir se jouer de nous.

À l'occasion de la Saint-Jean, les élèves de terminale avaient installé un énorme bûcher devant le collège. La tradition voulait que chacun apporte son bois et, une fois le brasier allumé, que les plus courageux tentent de le franchir d'un bond. Mais le feu était à peine pris que l'orage s'invita à la fête. Une pluie torrentielle inonda la place en quelques instants, étouffant les flammes naissantes et gâchant l'événement pour de bon. Le tonnerre assourdissant et la proximité des éclairs nous indiquaient que le cœur du phénomène était tout proche. Sans doute, la foudre avait déjà frappé quelques arbres ou toitures des environs. Plaqués contre les façades qui pouvaient servir d'abri, nous priions en tremblant que les éléments nous épargnent. Je profitai de la première accalmie pour rentrer chez moi en courant et vis alors ma mère, prostrée dans l'encoignure de l'entrée, grelottante et effrayée, qui pleurait à chaudes larmes. Moi-même trempé jusqu'aux os, je voulus l'obliger à s'abriter chez nous, mais elle balbutia, toujours larmoyante :

— La foudre ! Elle est tombée ! Tombée sur la maison ! Depuis Nicolin, nous sommes maudits.

Je m'essayai à la rassurer, affirmant que le sort ne pouvait y être pour grand-chose, que la foudre était un phénomène météorologique et que rien n'avait apparemment bougé ni brûlé dans la maison. Elle consentit alors à entrer. Mais, lorsqu'après l'avoir frictionnée d'un drap sec, j'inspectai la maison, je fus alerté par l'odeur suffocante qui provenait de l'étage. Tandis que nous montâmes l'escalier, la puanteur devint si puissante qu'elle nous souleva le cœur. Et la chose s'aggrava encore lorsque nous nous approchâmes de la malle des Indes. Avec circonspection, j'en soulevai l'abattant. Le sac en jute était toujours là, mais, une fois ses pans écartés, nous restâmes bouche bée : l'or avait laissé place à un sable noir qui semblait d'origine volcanique. La marmite avait retrouvé son aspect noirâtre, patiné par la fumée, sans le moindre résidu du métal précieux qui l'avait recouverte.

Toujours à la recherche de logique et de rationalité j'expliquais alors à ma mère qu'une fois de plus, il avait peut être manqué un élément à notre locataire alchimiste. Six mois s'étaient précisément écoulés depuis sa mort. Ce que le solstice d'hiver avait donné, le solstice d'été pouvait-il le reprendre ?

— Oui mon fils ! Mais alors, tout cet or que nous avons revendu chez tous ces orfèvres, dans Paris, tu crois qu'il s'est aussi dissout en sable ?

Cette nuit-là, sans mener d'enquête approfondie auprès de nos infortunés acheteurs, et sans attendre que le commissaire Javert revienne nous rendre visite, nous partîmes à Brest, prendre le premier bateau pour la Nouvelle-Calédonie et rejoindre, avec une caisse d'outils achetés au passage, le reste de la famille.

Si, en notre absence, on nous condamnait au bagne… nous y serions déjà !

Voilà, ma chère Élisabeth, la page importante de ma jeunesse dont je ne tiens pas trop à parler. Si, un jour, vous avez égaré une bague ou un pendentif et si, au fond de votre boîte à bijoux, vous êtes surprise de trouver un peu de sable noir, vous penserez à moi qui ne vous oublie pas.

Votre dévoué,

Thomas Duval

Apothicaire au Faubourg-Blanchot,

Nouméa.

I

Brest, juin 1873

Nous avions mis huit jours, avec nos malles, à rallier le port d'embarquement pour la Nouvelle-Calédonie.

En nous faisant petits, fondus dans la grisaille d'un printemps pluvieux, d'omnibus en diligences, nous parvînmes enfin à Brest. Les odeurs, l'ambiance particulière et parfois glauque du grand port nous intimidèrent. Pour nous qui n'avions jamais quitté les échoppes de la rue du Faubourg-Saint-Antoine, il s'agissait d'un autre monde. Installés dans une petite auberge discrète, sur les quais, nous assistâmes depuis notre fenêtre au spectacle orchestré du chargement de la cargaison. À la fois celle du fret, des bagnards et des animaux. Le *Calvados* avait beau être immense — quatre-vingts mètres — et combiner la voile et la vapeur, j'étais impressionné par le défilé continu, deux jours durant, des bagnards qui venaient s'agglutiner sur le pont avant, pour être ensuite digérés par les entrailles sombres du navire.

« Seront du voyage plus de cinq cents détenus et cent cinquante hommes d'équipage ! » nous avait sentencieusement annoncé l'aubergiste. Condamnés à voyager ensemble, nous l'étions assurément. Mais dans quelles conditions ?

En patientant pour monter à bord, au pied de la passerelle, nous fîmes la connaissance d'Alice, une femme de gendarme accompagnée de ses deux filles, Alexia et Élodie. Belle blonde en chapeau, très soignée, d'une quarantaine d'années, je constatai avec amusement qu'Alice ne laissait pas indifférents les hommes qui se mirent à faire les jolis cœurs pour lui faciliter l'embarquement.

— Vous savez, j'aurais pu y aller plus tôt, partir comme les ménages de gendarmes que vous voyez là. Mais nous avions décidé de faire soigner Élodie. Consulter les bons médecins, suivre des traitements. Pfft… ruineux et sans effet ! Ça fait plus d'un an que Guy est en poste. Lui en Calédonie et nous à Rennes ! Ah ! Ma pov'dame, c'est dur pour tout le monde.

— Vous ne croyez pas si bien dire ! Pour nous, c'est bien pareil. La seule différence, c'est que nous ne sommes pas du même côté de la loi, si vous voyez ce que je veux dire… Votre mari est gardien, mon fils et mon mari sont ses prisonniers. Mais rassurez-vous, nous ne sommes ni des truands ni des assassins. Ils ont eu le tort de défendre leurs idées et leurs droits sur les barricades de la Commune. Le jugement est allé très vite. Hop ! Expédié ! Dix ans de bagne chacun.

— Vraiment ? En province, nous n'avons que très peu entendu parler de ces bagarres parisiennes.

Son esprit d'à-propos, joint à son physique avantageux, lui permit d'obtenir une cabine jouxtant la nôtre, ce qui me réjouissait, car l'aînée des filles, Alexia, était une petite rouquine de seize ans, dynamique et délurée, que j'appréciais beaucoup.

— Tu as déjà pris un bateau, toi ? Pourquoi t'es pas allé sur les barricades ?

Plus âgée que moi d'une année, elle était le chaperon permanent d'Élodie, sa petite sœur de neuf ans, handicapée d'une jambe figée dans sa croissance. Dans le milieu très masculin du navire, ma mère et Alice avaient rapidement sympathisé et leur attitude complice semblait être celle d'anciennes amies. Guidés par un matelot, dans un brouhaha indicible, fascinés par tout ce que nous découvrions sur cet immense bateau, nous descendions vers notre entrepont lorsqu'un grand gaillard barbu survint. Tout habillé de blanc, il nous fit forte impression :

— Très honoré, mesdames. Je suis le docteur De Crolli, Augustin de Crolli, médecin du bord. Je vous accompagnerai pendant cette traversée. Permettez-moi de vous inviter à la table de l'état-major pour ce soir. Vous m'expliquerez la situation médicale de votre fille.

— Ce serait avec plaisir, docteur, répondit Alice, mais nous avions prévu de dîner avec nos amis que vous voyez là et…

— Allons donc ! Notre table est large et généreuse ! Je vous présenterai le pacha, le commandant Vial. Ce sera un plaisir de tous vous accueillir.

Ma mère et Alice, surprises et flattées, en jasèrent tout l'après-midi.

Les « cabines » qu'on nous avait si vivement recommandées n'étaient en réalité que des box sombres avec des bat-flancs, isolés de la coursive intérieure par une bâche repliable. Je dédramatisai la situation en constatant que tous les voyageurs, migrants, gendarmes et familles étaient logés à l'identique.

— Oui, mon pauvre garçon, c'est une pitié ! Tu as vu les matelots, avec leurs têtes de pirates ? Et les regards qu'ils nous jettent !

— À choisir, maman, on est mieux que les bagnards, entassés, paraît-il, par trente, dans les cages en fer du dernier entrepont. Souviens-toi de ce que racontait l'aubergiste.

— Oui, il paraît qu'ils ont des hamacs. Mais eux, ils voyagent gratis, ajouta-t-elle, cynique. Ton père et ton frère ont certainement eu droit, eux aussi, à ce même type de traitement sur la *Danaë*.

Si, dans l'ensemble, les gens étaient courtois et les officiers très avenants, les hommes d'équipage, souvent récupérés dans les recoins portuaires de Macao ou de Dakar, avaient de quoi nous inquiéter davantage. Peu d'entre eux parlaient français. Ils totalisaient, paraît-il, onze nationalités.

Les adolescents présents à bord s'étaient orga-
nisés pour avoir des activités qui les sortaient des
trous à rats qu'étaient les box quand les sabords
étaient fermés. Dès que les écoutilles s'ouvraient
pour permettre l'aération et les promenades sur
les ponts, nous nous égaillions pour entamer des
parties de chasse au trésor, de colin-maillard ou de
marelle. Les jours de mauvais temps étaient notre
hantise : nous restions alors cloîtrés dans nos inté-
rieurs humides et concentrationnaires. Stoïques,
nous y jouions aux dames, aux cartes ou aux échecs,
lisant ou bavardant lorsque ces occupations nous
lassaient. Et, dans le temps que j'y passais seul, je
sculptais une canne en merisier dégauchie par mon
frère. Dans l'ensemble, nous étions épargnés par le
mal de mer, alors que beaucoup d'adultes, mal en
point, se réfugiaient sur leurs couches à la moindre
risée. Les coursives nous appartenaient alors ! Il s'y
jouait une intense partie de cache-cache avec gages
qui, filles et garçons confondus, nous excitait, car
nous découvrions et nous nous appropriions l'immense bateau.

C'est ainsi qu'au bout d'une semaine de navigation, nous avons découvert un escalier très étroit,
hélicoïdal, accessible par un panneau fondu dans
les lambris. Il menait près des cuisines du dernier
pont. Des placards se cachaient également dans
les lambris. À l'intérieur, un système de trappes
ouvrait sur les entreponts.

Tous les entreponts…

— On y va ? avait proposé Alexia, l'œil luisant.

Mes amis et moi, quatre garçons avec deux filles, entre treize et seize ans, mourions d'envie de nous aventurer dans les œuvres vives et sombres du *Calvados*. Le freluquet Henri, que je pressentais comme concurrent direct auprès de notre leader en jupons, tenta maladroitement de nous en dissuader :

— Non ! Nous sommes partis depuis trop longtemps, les petits vont nous chercher. C'est de la folie, on ne sera pas tranquilles. Et surtout… on n'a pas de lumière.

— Mais t'es un vrai dégonflé, mon pauvre !

Alexia venait de recadrer son prétendant boutonneux d'une façon bien sévère. J'étais aux anges.

Grand seigneur, j'ajoutai :

— L'obscurité n'est pas un problème. Dans un des placards de notre coursive, j'ai vu un lumignon à moitié plein. C'est toi qui le tiendras, Henri. Mais pour l'opération « descente aux enfers » d'aujourd'hui, c'est vrai qu'il est trop tard. Dans un quart d'heure, ça sera l'heure du repas. Les familles vont nous chercher et les petits vont nous cafter.

Alexia, déçue mais lucide, approuva d'un rétif :

— Mouais, d'accord. Demain, c'est mieux.

Je jubilai. Henri le peureux était discrédité à jamais.

— Pas de bruit ! Ça résonne…

Tels des conspirateurs, nous avions glissé nos visages à travers la trappe entrebâillée. Alexia, craintive et partagée entre l'attirance et la répulsion, avait saisi ma main. Elle me chuchota :

— Pourquoi c'est désert ? Il y a plein de hamacs par terre et… personne ?

— On a de la chance, répondis-je, ils sont en train de bosser. Ils travaillent par roulement et par quarts de six heures. C'est le commandant qui nous a expliqué ça, à table : y'a les babordiers et les tribordiers.

— Ouais… Mais pourquoi ça pue autant ?

— T'as pas vu ? Imagine : y'a quarante bonshommes qui vivent là-dedans. Et comme ils sont au boulot, ils n'ont pas le temps de venir aérer leur dortoir. Ils sont dans la mature, aux machines ou en cuisine.

Le remugle que l'entrepont exhalait, joint à l'interdit de la situation, nous fit rapidement refermer la trappe. À la fois fiers et craintifs d'avoir eu accès à ce passage secret, nous n'eûmes même pas l'idée de descendre plus bas encore, vers l'entrepont des forçats et de leurs cages.

Naturellement, fanfarons comme on peut l'être à cet âge, nous mîmes aussitôt les petits au courant de notre exploit, leur précisant bien que, si les placards ou les box vides étaient autorisés pour nos jeux, le passage secret était strictement interdit.

— L'un d'entre vous aurait-il vu quelqu'un utiliser cet escalier ? demanda Alexia.

— Moi, z'ai vu… mais pas celui-là, répondit le petit Michel avec son cheveu sur la langue. C'est par l'autre, là-bas, que les matelots passent quand il y a tempête, pour nous apporter le pain, l'eau et les oranges. Z'ai vu, il est zuste à côté de notre box.

Il y avait donc, à bâbord, deux escaliers de ce type : un pour la proue et un autre pour la poupe, chacun pourvu d'une douzaine de placards. Des cordages échevelés, de vieilles lampes à pétrole et d'improbables outils s'y entassaient en abondance.

Dès lors, nos jeux de cache-cache se localisèrent dans la zone comprise entre les box et les coursives. Par un bel après-midi, un placard étroit, encombré et sans éclairage, nous servit de cachette, Alexia et moi. Je ne saurais dire dans quelle mesure la chose était préméditée, mais le fait est que nous nous retrouvâmes plaqués l'un à l'autre, dans un face à face qui, pour être ingénu, n'en était pas moins troublant, d'autant que nous redoutions de nous faire surprendre par nos poursuivants.

— Tu crois qu'ils viendront nous chercher jusqu'ici ? murmurai-je pour surmonter ma gêne.

Jamais je n'avais serré une fille d'aussi près. Son odeur poivrée, son haleine douce et son corps ferme soudé au mien de par l'exiguïté du réduit me mettaient dans un désordre émotionnel indescriptible. Collée à moi comme elle l'était, elle ne pouvait l'ignorer.

— Chut ! Le petit Michel pourrait t'entendre.

Comme pour s'assurer de mon silence, elle posa ses lèvres sur les miennes. De la même taille que moi, dotée d'une poitrine généreuse, de couettes et de mille taches de rousseur qui accentuaient son air espiègle, elle me subjuguait. Ayant vécu en caserne, elle avait eu tout loisir d'observer les adultes et savait à coup sûr comment s'y prendre. Quand sa langue effleura doucement la mienne dans l'obscurité, je manquai défaillir. Mais quand elle voulut arrêter, je la retins avidement. J'en redemandais et me montrai incroyablement audacieux.

Après la découverte du magot de Nicolin quelques mois plus tôt, cette révélation sensuelle fut la seconde grande commotion de mon existence.

II

Au fil des jours, je réalisais que le vrai patron à bord n'était pas le commandant, mais plutôt son second, Neptune, à l'humeur fantasque. Le pacha et les marins se contentaient d'adapter la voilure et le moteur au temps qui se présentait. Nous autres, les « passagers-otages », faisions finalement de même en optant, selon notre condition physique, pour le farniente, la nausée ou le grand air.

Nous approchions de l'Équateur.

— Si vous n'êtes pas baptisés lors du franchissement de la ligne, vous serez refoulés par les puissances divines !

C'est la légende que faisait courir l'équipage. Nous avions fait l'avitaillement à Dakar, le plein de bœufs et d'oranges, et l'objectif annoncé par le commandant Vial, avec qui nous mangions parfois, était de rejoindre Santa Catarina, un petit État de la côte est du Brésil. Il serait notre escale avant le froid du Grand Sud. Entre-temps, il faudrait passer l'Équateur et son Pot-au-noir, hantise de tous les navigateurs.

Cet épisode proche, agrémenté des récits de bateaux fantômes censés parcourir la zone, nourrissait la plupart des conversations.

Nous fûmes bientôt encalminés sur un miroir sans rides. Le grand hunier et les cacatois pendaient comme des loques de géants oubliées sur un étendoir. Pour faire bonne mesure, les moteurs tombèrent en panne. Tous les sabords, ces ouvertures jadis réservées aux gueules des canons, étaient laissés grand ouverts. En vain. L'air était d'une immobilité redoutable et une chaleur poisseuse écrasait le navire, faisant protester les détenus en cage dont certains durent être transportés en urgence à l'infirmerie du bord.

Soudain, au son d'une fanfare surgie de nulle part, on nous invita à monter sur le pont.

Certains membres d'équipage, munis de vrais instruments, jouaient des airs entraînants tandis que d'autres, moins bien lotis, tapaient sur des tam-tams ou des casseroles. Déguisés en poissons ou en déesses de la mer, des algues en guise de cheveux, ils tenaient en otage, sous leurs tridents symboliques, une trentaine des leurs qui jouaient les passagers et faisaient mine de s'inquiéter de leur sort.

— Mesdames, messieurs ! Pour la première fois dans votre vie, vous allez passer l'Équateur et vivre la tête en bas. S'il y a pétole aujourd'hui, c'est de votre faute ! Certains n'ont pas leur passeport ! Ils n'ont pas encore l'autorisation du dieu Neptune pour voguer sur tous les océans. Alors ? Ben alors… il nous retient ! Il nous retient tous, il nous encalmine ! Suppliez Neptune, obéissez à ses demandes, et peut-être sera-t-il alors clément avec nous.

Les prétendus passagers sans passeport geignaient et suppliaient. Ils entouraient le dieu des océans, imposant et digne, malgré le ridicule de son pagne effilé, qui hurlait : « Je ne vous entends pas ! » Nous avions reconnu le maître coq, imperturbable sous son impressionnante barbe de coton.

— À présent, que la fête commence !

Une fête aussitôt prétexte à de nombreux arrosages à l'eau de mer et à des missions impossibles à accomplir : défaire un sac de nœuds séchés avant la fin de l'écoulement d'un sablier, mesurer le pont avec une allumette, grimper au mât de misaine ou jurer *ad vitam aeternam*, en faisant le poirier, fidélité et dévouement à la marine et aux marins. Les spectateurs hilares furent bientôt inondés du haut des vergues par les voiles brusquement déroulées après avoir été remplies d'eau. La cérémonie tourna alors à la joute nautique : tout le monde arrosa tout le monde, sans plus se soucier des fonctions ni des hiérarchies.

Notre bande, comme celles de tous les jeunes gens faisant partie de l'équipage, était aussi déchaînée que trempée. À l'occasion, je découvris combien ma voisine de box pouvait être désirable. Sa tunique mouillée plaquait son corps d'adolescente et soulignait sa belle poitrine dont les bouts de sein pointaient. Sa mère, sans doute consciente de l'impudeur de la situation, ordonna tristement la fin de la récréation. Les femmes se retirèrent pour aller se changer.

— Thomas, tu viendras te changer aussi. Mais dans un instant !

Conserver un peu de fraîcheur ne me dérangeait pas.

Au passage de l'écoutille, le groupe de femmes fut interpellé par deux marins dégoulinants, excités et rigolards :

— Mesdames, on descend aussi. On va vous aider pour votre petit linge !

Alice, maîtresse femme, les poings sur les hanches, darda aussitôt les deux fanfarons de son regard acéré.

— Allons donc ! Pour qui vous prenez-vous ? Apprenez plutôt à vous moucher, et à garder vos pieds propres ! Circulez, sinon j'appelle vos supérieurs. Et que je ne vous voie pas traîner près des cabines, bande de malotrus !

Ils choisirent de s'éloigner en ricanant, impatients de profiter de la ration de tafia supplémentaire que le pacha venait d'attribuer à son équipage.

Toute la journée, l'ambiance fut à la bonne humeur générale. Le soir, l'ordinaire du dîner fut amélioré par du poisson fraîchement pêché. Et comme d'habitude, les conversations des adultes s'éternisèrent bien après le dessert. Alice semblait de plus en plus sensible à la cour assidue et aux anecdotes maritimes de notre cher docteur :

— T'as vu, Thomas, comment le toubib drague ma mère ! m'avait glissé Alexia sans se formaliser.

Il était évident que, par les soins qu'il donnait à la fille cadette, le docteur envisageait sûrement de gagner le cœur de la mère, misant sur les deux mois de navigation qu'il nous restait à faire. Pour ma propre mère comme pour moi — nous abordions librement ce sujet —, il marquait indéniablement des points.

— Les massages, nous avait-il expliqué, sont fondamentaux pour cette petite Élodie. Elle est victime d'une certaine forme de polio et il faut stimuler ses muscles pour les aider à forcir.

Laissant les bavards attablés et les amoureux des étoiles scruter le firmament depuis le gaillard arrière, Alexia et moi décidâmes de regagner nos cabines. Au fond de sa malle familiale, ma voisine disposait, disait-elle, d'épisodes d'*Oliver Twist* que nous n'avions pas encore lus. Mais je la soupçonnais avec ravissement de vouloir organiser un nouveau tête-à-tête torride.

Notre coursive était déserte de passagers, seuls deux hommes d'équipage allumaient les loupiotes qui étaient censées durer toute la nuit. Lorsque nous parvînmes à notre box, le plus petit des deux, celui qui avait une tête de fouine, nous rejoignit :

— Siou plaît ! M'sieur, ti peux aider à moi ?

— Et ton collègue, il peut pas t'aider, lui ?

Il était bien gentil, mais sincèrement, j'avais mieux à faire !

— Non, li, encore travail ! Toutes les lumières ici, et aussi à tribord. Viens ! Toi m'aider.

Il désigna la porte secrète dont avait parlé le petit Michel, celle que nous n'avions pas encore utilisée, et me fit signe de l'accompagner.

— Alexia, je vais donner un coup de main à ce bougre. Je ne serai pas long.

— Je viens avec vous.

L'air effaré du matelot et sa vive dénégation nous firent comprendre que l'endroit n'était pas pour les femmes.

— Je ne sais pas très bien en quoi je dois l'aider, mais je te promets de faire vite. En attendant, cherche donc des feuilletons qu'on n'a pas lus. J'arrive !

L'escalier en colimaçon que nous montâmes était le symétrique de celui que nous avions découvert, quarante mètres plus loin, côté poupe. Comme l'autre, il était interdit aux ventripotents ou aux claustrophobes. En escaladant les marches, seulement éclairées par le lumignon que le matelot tenait à bout de bras, je constatai que l'odeur de moisi qui en baignait l'entrée évoluait vers celle, plus graillonneuse, d'un réfectoire. Nous débouchâmes effectivement dans une cambuse. Il existait donc une cuisine réservée à la soupe des bagnards ! À ma grande surprise, je réalisai qu'en presque un mois de voyage nous n'en avions jamais croisé un seul. Entr'aperçus, c'est vrai, par mer calme, vers le gaillard d'avant, en train de s'agiter et de piétiner sur place ; mais le personnel d'encadrement avait si bien géré les espaces de temps et de « liberté à l'air libre » que c'en était resté là.

D'une immense popote, le matelot tira par les anses une dame-jeanne qui devait contenir une douzaine de litres. Certainement pas de l'eau douce ! Je présumai donc être complice d'un vol de rhum ou de quelque chose d'approchant. Tenant une anse chacun, nous rebroussâmes chemin, non sans que mon complice ne m'ait prévenu d'un :

— Chut ! Vin d'Italie. Très bon !

— Tu es italien ?

— Non, maltais. Attention, pas casser bouteille !

L'exercice était particulièrement pénible, lui en contre-haut, moi en contrebas, supportant tout le poids de la charge. À la moitié du chemin, il s'arrêta et colla l'oreille contre un panneau avant de le déverrouiller. Un désordre innommable bardé de hamacs accrochés de travers m'apprit que nous étions dans une chambrée de matelots qui faisaient probablement le quart. Là, mon comparse s'empara de gobelets crasseux et voulut me faire goûter au nectar que nous avions dérobé.

— Holà, merci bien ! Je ne bois pas. Ni vin, ni tafia. Ça brûle et ça me colle mal à la tête.

— Si ! Bon pour toi ! Tou es un homme, non ?

Comme il insistait, je tournai les talons et remontai vers notre entrepont. Je l'entendis alors m'injurier, parler de « *mio fratello* », mais cette pénible complicité n'avait que trop duré et j'attendais d'autres rapprochements plus captivants.

Afin d'avoir une contenance quand nos familles reviendraient, je passai par ma cabine afin d'y prendre ma canne à sculpter et mon couteau à bois. Alors que je soulevais la bâche qui faisait office de porte, je manquai de perdre l'équilibre. Nous bougions ! Le vent venait de se lever et le *Calvados* reprenait sa route. Interrompu dans mes mouvements par cette constatation, je perçus un léger grattement du côté de la cloison gauche.

Je connaissais bien ce signal. Ces derniers jours, lorsque tout le monde dormait, il arrivait qu'Alexia grattât la cloison depuis son propre box. Je savais alors qu'elle m'invitait à me rendre dans la coursive pour y chuchoter une heure ou deux et nous raconter nos rêves et nos misères d'adolescents, le temps de vaincre nos insomnies.

M'imaginant qu'Alexia s'impatientait de ma présence, je quittai aussitôt mon box pour me glisser dans le sien. Je la trouvai là, la tête tournée vers la cloison, entièrement dénudée, les genoux relevés et un couteau sur la gorge. Sur elle, dans la pénombre qui m'avait d'abord empêché de le voir, le second matelot, pantalon sur les chevilles, était en train de la violer. Réagissant par réflexe à l'horreur du tableau, j'abattis ma canne de toutes mes forces sur le dos de l'homme.

— Salaud ! Fumier !

Je criais avec fureur, mais sans le moindre témoin. Le voisinage était encore au salon.

D'un bond, l'homme se dégagea. Le sexe dressé, grimaçant de douleur, il pointait à présent son coutelas vers moi. Mais dans la charge qui s'ensuivit, il oublia le pantalon qui lui prenait les chevilles et bascula lourdement, tête en avant. Au passage, je lui assenai un second coup de canne, si violent qu'elle se brisa dans ma main. À la lumière tremblante du faible lumignon que le scélérat avait apporté, je vis bientôt une tache s'étendre autour de son visage. Était-ce une ombre ? À présent, son corps tressautait tandis qu'une écume grise lui débordait des lèvres. Puis tout mouvement cessa d'un coup. Prenant le lumignon, je l'approchai du corps inerte et du visage convulsé. C'était bien du sang qui l'encadrait. Mon coup lui avait défoncé l'os temporal.

À quinze ans, moi, Thomas Duval, je venais de tuer un homme.

Abasourdi, je levai la lumière vers Alexia. Prostrée sur le bat-flanc, une estafilade sur la gorge, elle tenait ses genoux entre ses bras et pleurait en silence. Je vis que ses cuisses étaient elles aussi, maculées de sang.

Le temps demeura suspendu. Un vide glacé me serrait la poitrine tandis que mille idées m'assaillaient. Que faire ? Comment réagir ? Donner l'alerte ? Annoncer à tout le monde que j'étais désormais un voleur doublé d'un assassin ?

C'est un gamin fou de colère et plein de honte qui s'assit au bord de la couche d'Alexia et la prit dans ses bras. Elle s'abandonna contre moi, le corps rendu brûlant par le traumatisme qu'elle venait de vivre, et laissa soudain éclater les pleurs qu'elle avait retenus.

— Pourquoi tu m'as laissée ? balbutia-t-elle entre deux sanglots irrépressibles, pourquoi ?

— Oh, Alexia, je suis tellement désolé ! Tellement, tellement désolé ! Je t'en supplie, pardonne-moi ! On s'est fait piéger par ces deux salopards. Je ne savais pas ! Je ne savais pas !

Le ventre tordu par la rage, je serrais les poings de dépit et d'impuissance.

Et puisque le violeur était mort, c'est contre le Maltais à tête de fouine que ma haine s'orienta. Il m'avait trompé et compromis. Il m'avait empêché de protéger la jeune femme que j'aimais.

Lorsque l'émotion d'Alexia commença enfin à fléchir, j'avais pris ma décision.

— Rhabille-toi, il ne faut pas rester comme ça. Regarde, le bateau a repris sa route, il faut se débarrasser du corps. Aide-moi !

— Qu'est-ce que tu veux en faire ? Puis, reprenant à son tour ses esprits : Dépêchons-nous, ils vont tous arriver !

J'avais d'abord pensé à nous débarrasser du cadavre par le sabord entrouvert. Mais une autre idée m'était venue.

— Tu pourras m'aider ? Je vais le retenir par les épaules, toi tu guideras en soutenant les pieds. On va le descendre et le ramener chez lui.

Je ramassai d'abord les deux morceaux de ma canne brisée que je jetai à l'océan. Puis je me saisis du corps malodorant par les aisselles et le traînai péniblement dans la coursive, aidé tant bien que mal par Alexia qui soulageait les jambes.

Et bientôt, une fois de plus, je me retrouvai dans ce maudit escalier en colimaçon, charriant cette fois un cadavre bien encombrant.

— Dépêchons ! Les marins vont rentrer et les passagers aussi !

Heureusement, l'entrepont de leur chambrée n'était pas loin. En basculant la barre de blocage et en entrouvrant délicatement le panneau, l'oreille aux aguets, Alexia m'annonça :

— Personne, tous les hamacs sont vides. Pousse ! Là, sous le tas de couvertures…

Je ne pouvais m'empêcher de songer à cet homme dont nous dissimulions le cadavre, à la fulgurance de sa mort, à ce qu'avait été sa vie misérable. Au fait que nous avions eu, lui comme moi, des réactions primaires, bestiales. Mais quel choix m'avait-il laissé ? Qu'aurais-je dû faire ?

— Alors, tu viens ? Qu'est-ce que tu regardes dans le vide ? T'as des scrupules pour ce salopard ?

Déjà des voix excitées se faisaient entendre tout près. Nous regagnâmes furtivement notre passage secret et rejoignîmes notre étage.

Alors, usant d'un seau servant normalement à laver la coursive, nous rinçâmes le sang qui maculait le sol de la cabine d'Alexia, ainsi que celui qui tachait sa couche. Pour notre chance, les jeux de la fête nous avaient vus rentrer plusieurs fois dans nos box avec des habits détrempés et nul ne s'étonnerait de trouver les draps et le sol encore mouillés.

Nos mères, accompagnées d'Élodie et d'autres passagers bruyants et avinés, vinrent se coucher au moment où je décidais de remonter sur le pont-boulevard pour retrouver et châtier mon voleur de Maltais. Elles remarquèrent nos mines défaites :

— Vous êtes bien silencieux, tous les deux, fit valoir Alice. Vous vous êtes disputés ? Mais, Alexia, tu es griffée à la gorge !

— J'ai essayé un de tes colliers tour de cou, et le fermoir m'a écorché.

— Vous auriez dû rester avec nous, l'interrompit Alice, on s'est bien amusées ! On a même dansé des danses folkloriques avec Élodie !

— Eh ! rebondit ma mère, des matelots ont fait un scandale en prétendant que l'une de leurs bonbonnes de vin d'Italie avait disparu. Les cuisines refusent de leur en servir, puisqu'on leur a volé. Mes pauvres enfants ! Ceux qui étaient de quart accusent ceux qui étaient de repos, et vice versa. Ils sont encore en train de faire une enquête… ou bien de s'étriper !

Les éclats de voix que nous avions perçus étaient donc ceux des tribordiers qui venaient de terminer leur quart.

— Je monte voir ce qui se passe, décidai-je.

Je bondis sur la coursive avant qu'on puisse m'en dissuader.

À l'écart des derniers passagers qui prenaient le frais, un groupe de matelots discutait fébrilement. Ils entouraient un petit bonhomme, ivre, à l'élocution pâteuse, ayant oublié le peu de charabia français dont il disposait. Entre les deux géants blonds qui l'encadraient, mon Maltais passait un sale quart d'heure.

— Vous avez senti son haleine ? Il pue la vinasse !
C'est pas l'odeur du tafia ça ! Regardez, il a même
taché ses vêtements ! Tu sais ce qui arrive aux
voleurs, dans la marine ? Ils se balancent au bout
d'une corde, dans les vergues, pour l'exemple !

— Où est le reste ? Raconte, t'as pas pu tout boire…

Les deux hommes d'équipage qui s'occupaient
de lui, couverts de tatouages et balafrés, se tour-
nèrent vers l'écoutille. Émergeant à la lueur des
étoiles, des hommes de leur groupe revenaient
d'une fouille des dortoirs.

— Alors, vous avez trouvé ?

— On n'a pas trouvé que ça, annonça le quartier-maître en désignant la bonbonne à moitié vide.
On a aussi trouvé l'autre Maltais, son frangin. Ils se
sont sûrement disputés pour le pinard… Ils se sont
battus et il l'a estourbi !

Mon voleur de Maltais venait de m'apercevoir. Il semblait ne pas comprendre grand-chose à
la conversation qui allait trop vite pour lui et qui
tournait en sa défaveur. Me fixant de ses horribles
yeux de fouines, il passa son pouce sous son men-
ton en un signe d'égorgement limpide. C'est lui qui
m'imposait silence !

Tandis que le conciliabule se poursuivait, le
quartier-maître s'aperçut à son tour de ma présence et me fit signe d'approcher :

— Je ne sais pas ce qui va se passer, jeune homme,
mais c'est une histoire entre nous. Je vous conseille
de regagner votre cabine.

III

Au petit matin, je rebondissais de question en question : Qu'était-il advenu des frères maltais ? L'ivrogne avait-il parlé ? Le jugement serait-il public ?

Je comptais satisfaire ma curiosité en laissant traîner mes oreilles. Sous prétexte d'informations sur notre périple, j'allai visiter la timonerie et regarder la carte. Discrètement, je me renseignai sur l'existence à bord d'une cellule, d'une prison isolée réservée au personnel. Bouches cousues. Omerta. La loi du silence. Partout.

Enfin, je me débrouillai pour croiser le quartier-maître, celui qui m'avait amicalement conseillé de me tenir à l'écart du jugement de la nuit précédente.

— Alors, chef, qu'est-ce qui a été décidé ?

— Rien.

J'ouvris de grands yeux incrédules devant une telle indulgence.

— Les marins ont un code d'honneur. Il a servi.

— Mais les officiers, le commandant… Ils n'ont rien dit, pas d'enquête ?

— Ils connaissent notre loi. Un homme était mort, l'autre était un voleur doublé d'un assassin. Au lever du jour, Neptune s'est arrangé avec eux. Bonne journée, jeune homme, et gardez ça pour vous.

Je repartis les épaules basses, anéanti, et passai le reste de la journée couché. Seule Alexia fut mise au courant. Le secret que nous partagions ne resterait connu que de nous deux.

***

Après avoir louvoyé dans les eaux glaciales du sud de la mer des Indes et côtoyé la Tasmanie, alors que nous entamions la remontée vers les cieux plus cléments et chaleureux de la Nouvelle-Calédonie, à une dizaine de jours de distance, je réalisai combien le drame que nous avions vécu avait transformé Alexia. Éprouvait-elle de la rancœur envers moi ? Elle se montrait à présent distante et passait le plus clair de son temps à lire ou à se promener quand le temps était calme. Était-ce en raison du manque d'exercice ? Il me semblait qu'elle prenait du poids, comme si le remords s'était incrusté en elle au point de devenir visible.

Car, assurément, une forme de remords nous travaillait tous deux. Mais j'avais beau y repenser de façon presque obsessionnelle, je ne voyais pas comment nous aurions pu agir différemment de ce que nous avions fait. Tout comme au moment de la tragédie elle-même, nous demeurions cruellement désemparés, dépourvus du savoir et des codes qui auraient pu nous éclairer. Désespérément seuls dans notre malheur.

Les jeux d'enfants nous attiraient de moins en moins. Le cœur n'y était plus, et bien que nous répugnions à en parler, nous étions intimement inquiets, angoissés sans raison. Quelque chose en nous — et entre nous — s'était brisé. Il n'était plus question de baisers langoureux ou de cachotteries dans des placards. Nous étions devenus comme indifférents l'un à l'autre.

Au cours d'une matinée très calme, alors que je prenais l'air au mât d'artimon, je vis avec surprise Alexia me rejoindre. Sa transformation physique était à présent évidente. Et, avec elle, était venue une grande sensibilité au mal de mer. Ses nausées étaient fréquentes. Sa poitrine était encore plus imposante qu'au début du voyage.

Hier soir, devant nos mères interloquées, elle avait signalé qu'elle n'avait plus ses règles. Pour la deuxième fois.

— Thomas, elles veulent que nous parlions de tout ça. Elles nous attendent en bas, dans votre box. Tu viens ?

⸺ ❖ ⸺

Pendant la dernière partie de notre périple, le bon docteur De Croli qui s'occupait si bien d'Elodie et… d'Alice prit la situation en main. Alexia resta alitée trois jours, puis progressivement, dotée d'une robuste nature, elle retrouva sa joie de vivre et toute sa rouerie.

La Calédonie grossissant à l'horizon et, en l'attente du bateau-pilote qui devait nous conduire dans la passe, avec ma mère, appuyés au bastingage, nous nous demandions si nous reconnaîtrions facilement notre famille de bagnards.

Les plus anciens m'avaient mis en garde : « Passée la centième, tu ne joues plus. Tu ne fais plus de théâtre… » ; ajoutant parfois avec cynisme : « C'est la pièce qui te possède, qui se joue de toi. »

Peut-être, mais comment s'en passer ? Et pourquoi attaquer une nouvelle pièce, alors que le public en redemande ? Nous jouons trois fois sur quatre à guichets fermés.

Le texte ne m'a jamais posé de problème et mon rôle m'est venu naturellement. Avec une partenaire comme Éva Bonpré, jouer les petits vieux qui s'aiment tout en s'asticotant, qui se caricaturent jusqu'à l'humiliation… c'est tout bonnement jubilatoire. Que ce soit dans les délires ou les extrapolations qu'avait imaginés Ionesco, nous trouvons toujours le ton juste. Nous nous accordons à la façon d'un vieux couple qui décode instinctivement le froncement de sourcil ou le changement d'intonation de son compagnon. Et quand le texte l'autorise, nous cabotinons pour le plus grand plaisir du public et jouons de nos effets afin de le surprendre. Avec un succès qui ne se dément jamais.

Ce soir, une fois de plus, la salle Popesco du théâtre Marigny est pleine à craquer. Éva a lancé sa réplique, celle qui teste le public et, au beau milieu du désordre orchestré par notre mise en scène, de ces chaises vides attendant d'illustres visiteurs, les mots qui me montent habituellement aux lèvres, sans même que j'aie besoin d'y penser, restent soudain bloqués au seuil de ma mémoire. Les mots, mais quels mots ? Je ne comprends pas ce qui m'arrive. La réponse, ma réponse aurait déjà dû jaillir au débotté. Éva, surprise, me regarde. Pas de son regard de théâtre, mais de celui de la vraie vie.

L'automatisme se refuse. Il se refuse alors que, depuis bientôt quatre ans, pris dans la routine de la diction et du phrasé, je peux mentalement, tout en lui répondant, faire ma liste de courses pour le lendemain ou récapituler mes rendez-vous de la semaine. La mécanique s'est enrayée. Je ne pense à rien et mon texte se dérobe. Je suis aspiré dans un véritable trou noir. Des centaines de paires d'yeux me regardent sans soupçonner ma détresse. Suis-je en train de faire un AVC ? Je n'ai pourtant mal nulle part ! Ne me reviennent que des phrases déjà dites et je me retrouve statufié tandis que mon esprit, pris de panique, virevolte inutilement comme un insecte prisonnier d'un bocal.

Voilà que l'accessoiriste, celui qui introduit les chaises au fur et à mesure de nos élucubrations, dispose devant moi, puis carrément dans mes bras, une chaise dont l'assise est scotchée du texte surligné.

L'imbécile ! Il devrait savoir qu'à mon âge, on ne peut plus lire qu'avec des lunettes et que ma coquetterie m'empêche de les porter sur scène. Je repose la chaise devant moi. Les spectateurs, peu au fait du véritable enchaînement des scènes commencent à se questionner, à se racler la gorge et à ricaner.

Alors que, désespéré, je m'apprête lâchement à crier « Rideau ! », un spectateur jaillit des premiers rangs de l'orchestre et monte quatre à quatre la volée de marches qui le séparait de la scène. Dans mon effarement le plus extrême, je reconnais tout de même mon ancien partenaire du conservatoire, Dutilleul, qui s'avance et me lance :

— Rodrigue, as-tu du cœur ?

Auquel par automatisme et malgré ma surprise, je m'entends répondre :

— Tout autre que mon père l'éprouverait sur l'heure !

Et nous voilà embarqués dans cet extrait du *Cid* qui fit notre succès — surtout auprès des filles — alors que, élèves assidus de Roger Planchon, nous ambitionnions le sociétariat de la Comédie française !

Mais qu'est-ce que Dutilleul fait là ?

Je sue à présent à grosses gouttes. Mon cœur menace de rompre sa cage. Je n'ose plus regarder le public. Impossible que le régisseur ne se rende pas compte de l'ampleur du naufrage. Il va descendre le rideau et me demander de quitter la scène. Les gens vont crier « Au vol ! » et demander à se faire rembourser. Nous sommes arrivés avec emphase au célèbre :

« Accablé de malheurs où le destin me range,

je vais les déplorer : Va, cours, vole et nous venge ! »

Et Dutilleul, jouant comme à la belle époque le vieux Don Diègue outragé, quitte la scène avec superbe.

Les applaudissements explosent. Décidément, ce public inculte semble prêt à tout avaler.

Je reste abasourdi, planté au milieu de la scène. Éva Bonpré, désemparée, s'est assise, faute de savoir comment réagir.

Et c'est à présent Lise Valois, toujours aussi belle que blonde, qui monte l'escalier nous séparant du public. Son charisme et sa présence exceptionnelle lui permettent d'attaquer sans ambages les répliques de Camille, celle d'*On ne badine pas avec l'Amour* dont je fus jadis le Perdican énamouré, sur les planches comme à la ville. Avec l'aplomb d'une femme qui a mûri, elle me lance, doucereuse :

— Connaissez-vous le cœur des femmes, Perdican ? Êtes-vous sûr de leur inconstance, et savez-vous si elles changent réellement de pensée, en changeant de langage ?

Et, à la fin de cette belle tirade, devant ce public apparemment capable de surfer sans difficulté entre Ionesco, Corneille et Alfred de Musset, je me noie dans les yeux de Lise et dans les souvenirs émus que sa présence éveille, et je réponds sans réfléchir :

— On est souvent trompé en amour, souvent blessé et souvent malheureux ; mais on aime, et quand on est sur le bord de sa tombe, on se retourne pour regarder en arrière et on se dit : J'ai souffert souvent, je me suis trompé quelquefois, mais j'ai aimé. C'est moi qui ai vécu et non pas un être factice créé par mon orgueil et mon ennui.

Ce texte-là ne m'échappera jamais. En l'énonçant une nouvelle fois, trente ans après l'avoir mémorisé, je frémis à nouveau sous la caresse du regard de Lise, hypnotisé par la douceur de ses yeux aigue-marine et la sensualité de son parfum. Trente années ! Des années pendant lesquelles nous nous sommes croisés dans des galas, sur des scènes de la France entière… Trente années d'espoirs, mais trente années où elle s'est toujours dérobée à mes propositions discrètes. Et la voilà ! Vient-elle me sauver, me tendre la main, me dire qu'il y a eu un peu d'amour entre nous ou m'avouer avec qui… elle s'est enfin mariée ?

Quelle soirée !

À peine s'est-elle écartée pour s'asseoir près de moi, m'assurant ainsi de sa solidarité, que Crocus, l'impensable Crocus, mon partenaire des années maigres, celles des tout petits cachets mesquins du théâtre de boulevard, s'avance en plastronnant, notre ancien pot-pourri de Sacha Guitry à la bouche, *Le mari et l'amant*. Si nous nous étions croisés dans la rue, nous serions-nous reconnus ? Il a tant grossi que c'en est indécent ! À force de jouer les maris cocus et jaloux, il a dû finir par somatiser le résultat. Comme au bon vieux temps, son regard en biais, la tête penchée sur le côté, il frisotte ses moustaches à la Dali, avant de me lancer avec commisération :

— Mon pauvre ami, comme te voilà triste, tout à coup !

— Oui ! Ouf, elle est partie, enfin ! Enfin, me voilà seul. C'était depuis des années mon rêve. Je vais donc enfin vivre seul. Et, déjà, je me demande avec qui.

— Ah ! Mon cher ami, tu avais une compagne charmante. Tu as choisi de la laisser partir.

— Mais oui ! Entre ces deux maux, dis-moi donc quel est le pire ? Le célibat ? On s'ennuie. Le mariage ? On a des ennuis. Qu'en penses-tu ?

Devant sa mine compatissante, je détourne le regard, scrutant les environs pour chercher le prochain avatar, lorsque la poigne solide d'un gaillard que je n'avais pas entendu venir se met à me secouer.

« Alex, c'est pas le moment de faire la sieste. Dans dix minutes, c'est à toi. On refuse du monde. Même le poulailler est plein ! »

Les yeux écarquillés, je me surprends, là, dans ma loge, face au miroir de maquillage, celui aux quarante ampoules, en train de me dévisager, ahuri et la cravate défaite. M'étais-je endormi ? Je contemple, tout hébété, le comédien stressé qui vient de cauchemarder et qui, malgré tous ses principes, a dérogé à l'un d'eux : ne jamais picoler avant d'entrer en scène, même pour la deux-centième.

Résister à l'enthousiasme du directeur du théâtre, des partenaires et surtout de l'auteur a été au-dessus de mes forces. Malgré mes convictions sur la tempérance, je me suis laissé convaincre qu'une ou deux coupes de bulles ne me feraient pas de mal.

La poigne du régisseur et l'électrochoc du réveil devant ma table à maquiller m'ont remis les pieds sur terre et c'est en toute lucidité que je gagne le couloir reliant les loges à l'arrière-scène.

J'aime renifler l'ambiance qui précède le spectacle, écouter le brouhaha discret et bourdonnant du public qui gagne en puissance, tandis que les minutes s'égrènent et nous rapprochent des trois coups. Le public a répondu avec enthousiasme à notre campagne d'affichettes « 200ᵉ » apposées en travers de nos affiches d'origine. Quelques interviews de l'auteur, de ma partenaire et de moi-même, diffusées en prime time, au moment où l'on se morfond dans les embouteillages, ont suffi à nous remplir la salle. Par l'œilleton aménagé à cet effet dans les rideaux, je peux voir une salle Marigny bondée. Cette ruche en ébullition ne tardera pas à s'assagir, car derrière moi, le régisseur annonce : « Rideau dans deux minutes, tenez-vous prêts ! »

J'examine le public avec attention et soudain… je n'en crois pas mes yeux ! Dutilleul, Lise Valois, et Crocus sont bien là, assis côte à côte et accompagnés d'autres compagnons de mes années de galères. Impossible ! Je ne les ai jamais eus comme spectateurs. Dutilleul, éternel jeune premier, m'a toujours snobé et Lise Valois n'aimait que les grands blonds. Mon cauchemar était-il une prémonition ? Pourquoi ai-je rêvé d'eux, alors que nous nous sommes perdus de vue depuis des années, et comment peuvent-ils justement se trouver là, alors que mon inconscient vient de les évoquer ? La coïncidence est trop extraordinaire ! S'agit-il d'un avertissement ? D'ailleurs à quel moment se situait le trou que j'ai eu ? Et mon livret du texte, où est-il ? Il n'est pas dans ma loge, j'en suis sûr. Je suis tellement rodé que je l'ai laissé chez moi. Et voilà déjà que les trois coups retentissent. Au secours !

J'ai l'impression de me noyer, de ne plus rien savoir. Lorsque le rideau s'ouvre, les projecteurs s'allument plein feu et m'éblouissent, faisant de la salle un puits d'encre aux dimensions infinies. J'entre en scène, seul, dans un silence absolu. Puis les applaudissements explosent et m'assourdissent. J'avance, mimant une assurance que je suis loin d'avoir, mais cette simple action me donne le sentiment de reprendre le contrôle de la situation.

Mes yeux s'habituent peu à peu à l'éclairage et je distingue à nouveau, dans l'infime lueur qui éclaire les premiers rangs, mes compères de jadis.

Que font-ils là ? Se seraient-ils ligués contre moi ? Un sourire ambigu sur les lèvres, ils guettent leur proie, tels des vautours. L'œil qui paraît affectueux et complice est en vérité attentif, et la dent luisante est féroce. Je les sens prêts à bondir, prompts à se remettre en scène, à usurper ma place, à s'arroger mon succès.

Soi-disant pour me sauver d'un naufrage ! Mais, je ne me laisserai pas faire. Notre amitié passée ne sera pas le prétexte de cette imposture. Je n'ai jamais failli. Il n'y a aucune raison pour que mon texte m'échappe. Ils ne m'auront pas !

Les applaudissements retombent lentement et la salle frémit. Alors, voyons, réfléchissons calmement, par quoi commence ma première réplique ?

Plus tard, je comprendrai que je suis tombé dans un piège à cochons sauvages. Pour l'instant, le nez dans les broussailles, je réalise seulement que je n'arrive plus à bouger, que j'ai un mal de tête atroce, et que je ne parviens même pas à appeler à l'aide. Dans des flashs, se succèdent les images de ma chute, un roulé-boulé de six mètres, interrompu par une roche hostile. Mes idées s'enchevêtrent. Je revois tantôt la chute, tantôt mon au-revoir aux copains, hier matin, après l'ancrage dans la petite rade. Puis à nouveau le dérapage, juste après avoir repéré cette fougère rare et endémique.

Tout a pourtant bien commencé. Avec le bateau du père de Max, nous sommes arrivés sans encombre à Port-Vila, chargés de dix tonnes de vivres et de matériel de premier secours pour les sinistrés du cyclone Cook. La capitale vanuataise, exhibant ses toitures arrachées, ses routes défoncées et sa nature broyée, semblait sortir tout droit d'une séquence apocalyptique. Les habitants, accablés mais stoïques, reconstruisaient pourtant déjà. La Nouvelle-Calédonie voisine, émue par la catastrophe, s'était mobilisée tout entière pour venir en aide à ses cousins du Pacifique. Reconnus et encouragés par les responsables politiques calédoniens, tout comme par les ONG concernées, mon frère et moi avons constitué un équipage de six jeunes hommes et rassemblé des dons conséquents. Max s'est joint à nous, fournissant du même coup le bateau qui manquait encore à notre projet.

Parvenus dans l'archipel, une fois les deux tiers du fret confiés aux autorités de l'île d'Éfaté, nous nous sommes accordé un repos de vingt-quatre heures avant de reprendre la mer. Cap sur l'île de Tanna. Cette dernière occupe une place à part dans le cœur de Max. Sa famille y a vécu autrefois et il en parle toujours, l'œil humide, évoquant des souvenirs d'enfance aussi nombreux qu'impérissables. Il était donc naturel qu'elle figure sur notre périple, d'autant que le cyclone, pour ce qu'on en sait, l'a durement touchée.

Mais, pour ma part, j'avais d'autres occupations au programme. Survenue au beau milieu de mes vacances à Nouméa, cette parenthèse humanitaire m'est apparue comme une occasion inespérée de visiter certains des îlots inhabités qui constituent l'archipel du Vanuatu afin d'y poursuivre, de façon très pratique, mes recherches en botanique. Équipé d'un matériel de camping rudimentaire, je me suis fait débarquer sur l'îlot Cod avec une semaine de provisions. Mes compères doivent me récupérer dans trois jours, en revenant de Tanna. Au boulot !

J'avais prévu de compléter mon herbier de plantes locales et j'espérais naturellement en trouver de rares, si possible endémiques, pour étoffer mon mémoire et amorcer ma thèse. Sur cet îlot constitué d'un mélange peu commun de tuf, de sable et de basalte, j'avais toutes mes chances.

Je n'avais pas prévu l'accident.

Immobilisé à plat ventre, l'oreille collée au sol, je perds la notion du temps. Des fourmis insolentes viennent se faire admirer en gros plan, sous mon nez ; un papillon a même tenté de me butiner l'oreille. Depuis ma chute je n'ai pas bougé le petit doigt. Cependant, il m'a semblé entendre des sons d'origine humaine. Ai-je halluciné ? C'est probable, car l'îlot est réputé pour être toujours désert. Les baies minuscules qui forment sa grève n'offrent guère d'abri face aux vagues fantasques du Pacifique, et si des voyageurs y accostent malgré tout, ce n'est que pour quelques heures et par temps calme. Aucune chance qu'ils pénètrent l'intérieur des terres qui me retiennent prisonnier. Je m'essaie pourtant à crier, à bouger. Rien à faire, je ne parviens qu'à aviver mes douleurs.

À présent que ma lucidité semble revenir, ma position me laisse tout le loisir de réfléchir et de méditer. Mais je m'en passerais bien. À quoi puis-je donc penser ? Aux effets désastreux d'une rupture de la moelle épinière ? À ces photos d'handicapés condamnés à finir leur vie en chaise roulante ? Ou aux conséquences inéluctables de la déshydratation, fièvre, nausée, langue enflée et crampes abdominales ? Avec la mort au bout, naturellement.

Je n'y crois pas. Non, c'est pas possible, pas moi, ce serait trop bête ! Tout ça pour une fougère ratée !

Un nouveau craquement. Cette fois, j'en suis certain.

C'était proche, et il me semble bien que des frôlements furtifs et prudents continuent de se faire entendre. Face à moi, le soleil couchant m'éblouit. Combien de temps suis-je resté dans les vapes ? J'ai commencé ma prospection au petit matin, et voilà que le soleil achève sa course. Un bruit de branche brisée sur ma gauche. Homme ou animal ? J'ai lu quelque part que, lorsque certains sens sont altérés, un phénomène de compensation peut favoriser les autres. Dans ce cas, c'est probablement mon odorat qui bénéficie du phénomène, car j'identifie nettement un remugle de boucané, de terre et de gibier. J'en suis encore à me poser des questions lorsqu'un énorme pied, noir, crevassé et terreux me passe sous le nez. Puis une sagaie vient se ficher en terre en vibrant, suivie par un sabre d'abattis à la lame effilée. Toujours strictement immobile, je ne dispose que d'un angle de vue très étroit. L'homme est passé derrière moi, mais il a pris soin de planter ses armes de guerrier devant mes yeux. Mon visage exprime-t-il la terreur qui me saisit ? La remarque-t-il ?

Mon Dieu, faites que j'aie affaire à un bon sauvage, à celui qui a déjà rencontré quelques touristes, des blancs si possible, pour que ma peau dépigmentée ne le dégoûte pas trop ! Malgré moi, malgré mon enfance en Nouvelle-Calédonie, me reviennent en mémoire les lectures des voyages de Cook avec, au choix, les missionnaires massacrés, empalés ou simplement… mijotés. Une pluie fine se met à tomber, je ne la sens pas. Un bracelet de cheville fait de coquillages apporte, dans cette situation sordide, une note sympathique et folklorique. Ma vision est encore limitée, mais les pieds qui continuent à s'agiter sous mon nez sont impressionnants.

Des mains puissantes se glissent sous mes aisselles. L'homme n'a pas dit un mot et, dans sa tentative pour me charger sur son dos, je ne fais que l'entrevoir. Ma douleur explose soudain en un atroce feu d'artifice. Je m'entends gémir et tourne à nouveau de l'œil.

⊶ ∘ ⊷

Des images se succèdent, je revois le bateau, Gwen, ma fiancée, mon père, la main que je tends pour attraper le pied de fougère… Le tourbillon d'images se disperse, laissant la place à ma dernière dispute avec Gwen. Nos accrochages sont peu fréquents, mais toujours intenses. Comme dans une vidéo mal réglée, je la vois qui m'aboie dessus. J'ai l'image, mais pas le son. Je ne m'en plains pas, car elle use volontiers de perfidie dans ce genre de situation et ses arguments ne s'embarrassent pas de logique ni de vérité. Je me réfugie à nouveau dans le sommeil.

⊶ ∘ ⊷

Partis de Port Moselle, depuis Nouméa, nous avons aperçu Éfaté, au Vanuatu, se découper au loin, après deux pleins jours de navigation au large des Loyautés. Aidés par les alizés depuis la sortie de la Havannah, malmenés par des vagues courtes qui nous tabassaient, Alex a augmenté la vitesse pour faire surfer le bateau. Pas facile, lorsqu'on manœuvre un yacht de vingt-cinq tonnes, cargaison comprise !

Mes douleurs brisent le fil de ces souvenirs et je sombre une fois encore dans une sorte de comas.

Une odeur âcre de fumée m'irrite la gorge et me force à ouvrir les yeux. Le fourré d'arbustes de mon dernier souvenir a cédé la place à une case sombre au toit de palmes tressées. La charpente en est rudimentaire, mais bien que rustique, elle semble soignée et solide. Je suis installé sur le dos, à même le sol, à peine isolé de la terre battue par quelques couches de nattes empilées. Ma jambe droite et mon bras gauche sont surélevés et comprimés par des attelles formées de bouts de branches. La plus grande partie de mon corps est revêtue de bandages serrés, réalisés à l'aide de pans découpés dans ma chemise et mon pantalon. Des feuilles odorantes et des touffes d'herbe humide font office de compresses et dépassent, ici et là, de cet étrange assemblage. J'ai l'impression d'avoir été momifié, tête comprise.

Alors que je pousse un grognement de surprise, un homme âgé fait aussitôt irruption dans la case et me contemple, perplexe.

Je m'essaie à parler et… stupéfaction ! Même si ma voix est, elle aussi, un peu cassée, elle fonctionne.

— Bonjour. Merci de m'aider.

En regardant les pieds de l'homme, je reconnais mon sauveur. Son allure coïncide avec celle des autochtones vanuatais que j'ai eu l'occasion d'observer sur le Net : des traits résolument mélanésiens, de taille modeste, il arbore un bandeau frontal qui rehausse ses cheveux gris et bouclés, et lui donne une allure noble. Sa large ceinture végétale retient un étui pénien recouvert de brins de pandanus effilochés. Trois énormes dents de cochon, ourlées sur sa poitrine, m'indiquent que l'homme est un chasseur.

Alors que je m'apprête à l'interpeller en anglais, un jeune homme entre derrière lui et s'adresse à moi dans un français hésitant :

— Vous… avoir dormi trois jours.

À l'exception de son âge et de son short en jean, le nouveau venu est une copie assez conforme du premier. Sourire aux lèvres, très à l'aise, il se présente en se tapotant la poitrine de son casse-tête :

— Kwaké.

Et, comme j'acquiesce d'un haussement de sourcils, à la façon dont j'ai vu les Mélanésiens de Nouvelle-Calédonie le faire, il se tourne vers mon sauveur et le désigne :

— Omiec.

À mon tour, mais sans pouvoir appuyer ma présentation du moindre geste, j'articule péniblement :

— Alex.

Les deux hommes semblent satisfaits de cet échange de patronymes.

Les petits yeux d'Omiec, enfoncés dans de larges orbites, me scrutent et m'intimident. Il paraît farouche et d'un naturel suspicieux. Je crois deviner une colère rentrée qui me met sur mes gardes, même si je n'oublie pas qu'il m'a sauvé la vie. Ses cheveux coiffés en casque démontrent son statut d'aîné. Et je vois bien que Kwaké, soumis et respectueux, évite de croiser son regard.

— Toi couché là, encore quatre jours !

C'est toujours Kwaké qui parle, d'un ton ferme et sans appel. Par des gestes énergiques appuyant son pidgin qui emprunte au français et à l'anglais autant qu'à sa langue vernaculaire, il me fait comprendre qu'il me faudra encore patienter quelque temps avant de prétendre me lever. Mes tentatives pour le contredire réveillent d'horribles douleurs et entraînent vertiges et suées froides qui me ramènent à la raison.

Il m'explique alors qu'ils habitent tous deux sur une île voisine, qu'ils sont venus sur cet îlot pour la cueillette et qu'en définitive, je les retiens à mon chevet depuis mon accident. À mes questions pressantes, il répond qu'il n'y a pas de radio ni de téléphone sur leur île et que l'ensemble du secteur est absolument isolé.

Il est urgent que je récupère mon sac à dos : il contient un téléphone satellitaire protégé par une poche plastique étanche. Mais cette amorce de conversation m'a épuisé et je sombre dans un sommeil profond avant de pouvoir formuler la moindre demande.

⸺ • ⸺

Je dors énormément et, chaque fois que je me réveille, l'un des deux hommes est à mes côtés et me force à boire une tisane glauque au goût inqualifiable. Ce matin, pour la première fois, je me souviens d'avoir mangé sous le regard bienveillant de Kwaké, mon gardien du jour, quelques morceaux d'igname et de tarots cuits à l'étouffée, en bougna.

Régulièrement, les cataplasmes qui me couvrent le corps sont renouvelés et les lambeaux de tissus qui les retiennent sont rincés. Sur une table rudimentaire, des pelotes d'herbes choisies et entassées attendent de faire leur office. La case est sombre, presque vide, à l'exception du matériel de soin et des nattes qui couvrent le sol. Contre un pilier, je repère mon sac à dos et l'un de mes tee-shirts en lambeaux. Et voilà que, plombé par la digestion de mon repas pourtant frugal, je décroche une nouvelle fois et me remets aux abonnés absents.

⸺ • ⸺

Bien que je sois souvent groggy, les variations d'intensité lumineuse me permettent de conclure que mes infirmiers de fortune interviennent toutes les quatre heures. Ces derniers jours, j'ai eu droit à un massage énergique aux herbes, tôt le matin et au coucher du soleil, toujours suivi par une potion très amère qu'ils me servent dans un *shell*, une demi-noix de coco apparemment très ancienne. Résigné, j'ingurgite le breuvage sans plus me soucier des questions d'hygiène. Sans doute un sédatif aux vertus nourrissantes.

À chaque réveil, lorsque je suis assez lucide pour en avoir le loisir, je constate que mon corps me fait un peu moins souffrir. Je retrouve peu à peu la mobilité de certaines articulations. Ils m'ont même pourvu d'un urinoir — une demi-bouteille de jus de fruits en plastique — qui s'avère assez pratique. Depuis quand ? Aucune idée.

Il est impossible que Max, mon frère ou mon père ne réagissent pas à ma disparition. Lorsque j'ai demandé mon sac à dos à Kwaké, il l'a ouvert, faisant apparaître mon linge de rechange, une torche, un herbier et une poche plastique où les morceaux brisés de mon téléphone m'ont enlevé tout espoir. Voilà pourquoi je n'ai jamais entendu grésiller ou sonner cet engin.

Comment les joindre ? Et pourquoi ne sont-ils pas déjà revenus me chercher ?

Avant-hier, en fin d'après-midi, j'ai cru entendre un bimoteur qui nous survolait. Le temps que j'explique à Kwaké qu'il fallait faire signe à l'avion, il était trop tard.

Kwaké est très serviable et voudrait m'aider davantage, surtout quand j'essaie de m'asseoir. Quant à Omiec, j'ai l'impression qu'il profite de leur séjour forcé pour compléter son tableau de chasse. Ce soir, à l'entrée de la case, il m'a montré deux carcasses de chèvres qu'il partait dépouiller, avec un baluchon d'herbes fraîchement cueillies dont — par signes — j'ai compris que j'étais l'heureux destinataire. Omiec semble être un guerrier redoutable, car il est toujours armé d'une sagaie ou d'un arc quand il quitte la case, sans compter le tamioc glissé à sa ceinture et le casse-tête sculpté qu'il porte négligemment sur l'épaule. Est-ce là son accoutrement habituel, ou se sent-il en insécurité ? Peut-être est-ce une panoplie héritée des anciennes guerres tribales.

Depuis deux jours, mon état s'est beaucoup amélioré. N'étant pas d'une santé particulièrement robuste, j'en déduis que leur traitement est formidablement efficace, apparemment bien plus que les thérapies allopathiques occidentales. Mes plaies sont presque entièrement cicatrisées et mes contusions ont disparu. Un gros œuf subsiste cependant au niveau de mes lombaires. J'ai encore du mal à me redresser et à rester debout, mais je suis éberlué de la façon dont ils m'ont retapé.

Très peu causants, mes deux infirmiers continuent de me dispenser leurs massages rugueux à grand renfort d'eau de coco, d'huile de niaouli et de plantes macérées. Je ressors laminé de ces séances énergiques, mais heureux de sentir mes douleurs s'estomper. Ecchymoses, hématomes et entorses du genou et du coude se sont amoindris. Je n'ai plus besoin d'assistance pour mes besoins primaires.

Et ce matin, pour la première fois, j'ai pu me lever et découvrir enfin les environs. Le décor de cette partie de l'île, apparemment indemne du cyclone, est digne d'un dépliant d'agence de voyages.

La case, entourée de bougainvillées, de bananiers, de pandanus, de palmiers et d'arbres à pain, est bâtie sur un petit plateau qui surplombe la plage toute proche. Un rideau de pins colonnaires donne de la noblesse à l'ensemble, et les cocotiers sont assez nombreux pour pallier à un éventuel tarissement du point d'eau douce.

À quelques pas, des clayettes en branches sont chargées de filets de poisson et de viande qui sèchent au soleil. Et sur la plage, deux minuscules pirogues à balancier complètent le tableau. Le genre de petit éden qui donne envie de vivre en autarcie. Mais qui s'avère un piège redoutable ! Les pirogues sont bien trop modestes pour envisager d'y embarquer à deux et je ne pense pas avoir encore recouvré une forme physique suffisante pour en manœuvrer une à moi seul. D'une façon ou d'une autre, je vais devoir encore patienter pour m'évader de ce paradis.

Demain, il est convenu qu'après le retour d'Omiec, nous irons à la rade où j'ai débarqué et qu'ils situent derrière la colline.

En attendant, au repas du soir, je vais me régaler du bougna de chèvre qu'ils ont fait cuire sous la cendre, à l'étouffée, dans des feuilles de bananier. Son fumet me chatouille l'estomac depuis le milieu de l'après-midi. Appétit, dynamisme et projets reviennent, c'est sans doute bon signe !

Tout en mangeant, mes deux hôtes ont beaucoup palabré. Assis sur une natte, adossé à la case, Kwaké a bien tenté de tenir tête à Omiec, mais ce dernier, à califourchon sur son billot de kaori, d'un ton sentencieux et son tamioc sur l'épaule, a démontré qui était le chef. La dernière bouchée avalée, il m'a annoncé qu'il repartait ce soir même sur son île et qu'il tenterait, une fois sur place, de trouver le moyen de prévenir les autorités vanuataises de ma présence. Il m'a promis de revenir sans tarder. Dans le soleil couchant, après avoir chargé deux régimes de bananes, des quartiers de viande et quelques noix de coco sur sa pirogue, il est descendu sur la plage pour appareiller. La brise étant portante, la petite voile triangulaire a filé rapidement vers l'horizon. Kwaké, désabusé, l'a regardé longuement. Il aurait souhaité partir à la place d'Omiec et revoir sa belle ce soir.

— Lui, pas gentil ! Lui, toujours trop dur, toujours trop chef, a-t-il grogné quand la voile minuscule eut enfin disparu.

Il est resté amer et rêveur, puis il a remis des branches dans le foyer pour alimenter les séchoirs. Si j'ai bien compris, Omiec n'est pas son père, mais son oncle maternel. Comme de coutume en Mélanésie, c'est l'oncle qui s'occupe de l'éducation et du passage initiatique au statut d'homme.

Je suis impatient ! Demain nous bougerons enfin. Nous nous organiserons pour tracer un SOS sur la plage, allumer un feu, avec beaucoup de fumée, bien visible. Montrer que j'existe encore, que je suis là !

———— • ————

Seul avec Kwaké, pour tuer l'ennui, je me mets à inventorier les plantes utilisées pour mon traitement, tandis que, par mime, il me montre leur action sur le corps. Beaucoup me sont inconnues ou relèvent de familles voisines à celles identifiées dans les manuels. Entrant dans le jeu, mon sauveur fait une répartition grossière de celles qui sont utilisées pour le drainage, les massages, les cataplasmes et les infusions. Des sous-catégories me permettent d'identifier leurs effets sur la circulation, la douleur, le système nerveux, ou la reconstruction osseuse et musculaire.

Mon calepin se remplit de notes et de croquis et mon herbier s'étoffe de plantes parfois inconnues qu'il me faudra identifier. Linné et Jussieu, mes lointains maîtres botanistes, vont avoir du souci à se faire ! Et, pour ma part, il me faudra sans doute des mois pour mener les recherches ADN, les études comparatives, et les expérimentations qui s'imposent. Ce sont surtout ces dernières qui m'intéressent, n'en déplaise à ma chère Gwenn. Former des groupes témoins, avec placebo, et comparer les résultats obtenus en variant les doses, puis vérifier les effets probants et ceux induits… Cette perspective me motive d'autant plus que j'ai personnellement mesuré les effets de ces substances.

Kwaké, dans notre langage particulier, m'explique que ces plantes sont utilisées dans toutes les îles voisines, mais qu'il en existe d'autres, absentes de notre îlot, qui sont employées pour des maux différents des miens. Excité par ses révélations et la tête pleine des mille pistes offertes, je trouve difficilement le sommeil. Immergé dans le milieu de ce groupe de Mélanésiens, je comprends mieux leur rapport à la nature. Plusieurs fois, au contact des tribus kanak de Nouvelle-Calédonie, je suis resté pantois et décontenancé par la sagesse de leurs connaissances ancestrales et par leurs pratiques finement respectueuses de l'écosystème. Les leçons à recevoir viennent souvent des plus humbles d'entre eux, ceux qui ont su conserver un lien authentique avec la nature et que la soif consumériste n'a pas encore pervertis.

Levé avec le jour, après ma purge habituelle et deux ou trois bananes englouties, j'ai décidé, en attendant le retour du chef, d'inventorier mes affaires et de classer mon herbier. De son côté, Kwaké s'affaire à consolider le toit de palmes et les branches de la charpente. Nous sommes absorbés par nos occupations respectives quand la luminosité chute soudainement et me fait lever le nez. Kwaké, intrigué à son tour, se retourne, sabre d'abattis en main. Nous apercevons tous deux Omiec dans l'encadrement de la porte, livide et terrorisé. Poussé dans le dos, il s'affale à nos pieds tandis que deux hommes blancs en débardeur font irruption dans la case à sa suite, avant de se glisser de part et d'autre de l'entrée.

Je reconnais Max et son frère. L'un est armé d'un révolver lance-fusées, celui des détresses en mer, l'autre d'un fusil de plongée sous-marine. Un troisième gaillard — Lucien, qui faisait partie de notre expédition humanitaire — menace le pauvre Omiec de son coupe-coupe ébréché. Éberlués, Kwaké et moi restons sidérés par la violence de cette scène au beau milieu de notre havre de paix. Omiec, les yeux exorbités, semble croire que sa dernière heure est venue.

Mon frère Phil entre alors dans la case à son tour, armé d'un tournevis rouillé qu'il brandit comme un sabre :

— Alex, comment vas-tu ? Tu es leur otage depuis quand ? Combien sont-ils, ici ?

— Mais, Phil… Mais vous êtes fous ! Ils m'ont recueilli ! Ils m'ont soigné ! J'étais inconscient, ils m'ont remis sur pied…

Une voix féminine m'interrompt :

— Mon chéri, tu n'as rien ?

J'ai l'impression de rêver en apercevant Gwenn, en tenue commando, plus belle et ravissante que jamais, qui me saute au cou.

De toute évidence, des explications s'imposent.

Après avoir clarifié le rôle d'Omiec et de Kwaké dans ma mésaventure, j'invite les nouveaux venus à ranger leurs armes et à s'excuser pour la violence de leur intrusion. Quand mes deux sauveurs sont enfin rassurés, Gwenn m'explique la raison de sa présence : lassée de m'attendre, elle a décidé, dans le cadre de la mission humanitaire en cours, de gagner Tanna par le premier avion. Dans l'impossibilité de me joindre par téléphone, elle a contacté Max, le capitaine de notre expédition, qui lui a avoué, tout penaud, être tombé en panne de fuel. Suite au passage du cyclone, les réserves de Tanna étaient vides et le peu qui en restait servait aux urgences. La famille de Max avait alors fait jouer ses relations et l'un de leurs vieux amis, planteur installé sur l'île depuis des générations, avait puisé trois cents litres dans ses réserves personnelles afin de les dépanner. Quant à Gwenn, elle avait informé les gendarmes de mon isolement sur l'îlot Cod et les avait convaincus d'étendre à cette zone les missions de reconnaissance chargées d'évaluer les dégâts causés par le cyclone. À partir des indications fournies par Max sur l'endroit où il m'avait largué, il avait été facile à l'avion de repérer notre case et d'y constater des signes d'occupation. Il n'en avait pas fallu davantage à Max pour monter l'opération de grand guignol qui les avait vus débarquer avec leurs armes de fortune. À les en croire, mon père lui-même, joint par téléphone, avait cautionné leur commando de mascarade.

Les choses étant éclaircies, sans la moindre rancune et riant même de sa grande frayeur, Omiec nous propose généreusement les restes du bougna de la veille. Mes sauveurs vanuatais nous accompagnent ensuite jusqu'au bateau et, avec l'accord de Max, j'en profite pour les récompenser en les dotant de tout ce qui peut les intéresser : deux cannes à pêche, le fusil sous-marin qui les a menacés, ainsi que des vêtements pour eux-mêmes et leurs compagnes.

Juste avant que nous n'embarquions, Kwaké, fortement impressionné par le physique de Gwen, me formule timidement une demande un peu particulière : il voudrait toucher ses longs cheveux lisses et dorés. Elle se prête volontiers au jeu et finit par éclater de rire devant l'air ébahi de son admirateur.

Je crois qu'Omiec et Kwaké sont en définitive heureux de ce qu'ils ont vécu et qu'ils ne manqueront pas de raconter aux jeunes générations d'où proviennent les divers cadeaux qu'ils ont rapportés dans leur tribu.

Quant à l'équipage de notre mission, il peut se vanter d'avoir vécu une aventure hors du commun. Alors que nous nous étions engagés pour venir en aide aux Vanuatais, ce sont finalement eux qui m'ont sauvé, soigné, lavé et retapé, avec une générosité sans mesure.

L'herbier que j'ai rapporté de ma dangereuse expédition m'a permis de soutenir ma thèse avec brio. Je continue d'en exploiter les retombées positives, à la tête du laboratoire pharmaceutique que nous avons créé à Nouméa, Gwenn et moi.

Une fois l'an, mes sauveurs du Vanuatu m'envoient de nouvelles plantes. Au mois d'août ou à Noël, lorsque nous allons les voir sur leur petite île, je les gâte en retour.

Les photons dans l'ascenseur

Paris, un hôtel près de la tour Montparnasse

Les bras surchargés de paquets cadeaux, Ronald Lamblin attend l'ascenseur.

Encore une matinée passée en parlotes. Allons ! Pas de cynisme gratuit, disons en « communication » ! Lorsqu'on assiste à un congrès, et en particulier au « Congrès international sur les énergies transmutatives » à la Défense, il faut bien s'attendre à d'inévitables escalades d'incontinences verbales faites par les rapporteurs des commissions. Matinée marathon qui clôturait enfin sa punition de quatre jours sur Paris ! Comme nombre de ses collègues, hébergés dans le même hôtel, il se dispensait volontiers des discours de clôture.

Après deux heures de shopping à écumer les grands magasins du boulevard Haussmann, ses aspirations ne sont plus que vitales : retirer les mocassins neufs qui le martyrisent et apprécier enfin la buée d'un verre de whisky bien frappé !

Vivement demain pour reprendre l'avion vers Toulouse et retrouver les siens, en toute sérénité, pour les festivités de Noël. En attendant, ce soir, c'est décidé, il ira saluer son cher Bob, son ancien binôme, copain d'armée, en banlieue, à Vincennes.

Seul dans la cabine, en râlant encore, il programme son étage, le neuvième.

À quoi bon suivre de tels séminaires, pour un ancien technico-scientifique comme lui, à trois ans de la retraite ? Enfin ! C'est toujours l'occasion de revoir les anciens et d'apprécier l'évolution de la recherche, des sciences et de leurs applications.

Son attention est attirée par une étrange fumée. Un nuage blanc, comme dans les trucages de music-hall, qui, au ras du sol, est en train de se développer rapidement et d'envahir la cabine.

Ronald, intrigué, dépose ses paquets. Sans quitter la fumée des yeux, il s'approche du bouton d'alarme. Le nuage envahit à présent toute la partie basse de l'ascenseur. Devenu moins intense, il se dissipe alors progressivement et laisse apparaître une femme ! Une Chinoise en kimono noir est assise, dos à la paroi. Elle le regarde fixement, les bras ballants, un trou noir, troisième œil sanguinolent, au milieu du front. Il la reconnaît ! Elle intervenait au colloque !

L'ascenseur, aussi lent que silencieux, n'est qu'au tiers de son parcours. Livide, Ronald s'approche de l'apparition. Le nuage blanc a désormais disparu, laissant subsister une odeur d'amande amère. Et Ronald distingue clairement les quatre bracelets à cadrans positionnés aux extrémités des membres de la jeune femme.

D'une main tremblotante, il lui tapote l'avant-bras : « Heu, Madame… »

Stupide ! Dans son état, elle ne peut évidemment pas lui répondre.

Curieux, il fait alors pivoter l'un des bracelets à cadrans. Les signes cabalistiques qu'il porte ne lui disent pas grand-chose. La fermeture est celle d'une montre banale. Il bascule la languette d'ouverture. Dans cette manipulation, ses deux mains touchent la victime et se mettent soudain à le picoter vivement. Horreur ! Elles deviennent floues ! Dans un sursaut en arrière, Ronald lâche le bracelet qui tombe sur le plancher de la cabine. Il constate alors que la Chinoise disparaît en s'estompant progressivement. Seules quelques traces de sang maculent encore la paroi. Ronald Lamblin agite frénétiquement ses mains, craignant de subir le sort de l'Asiatique. L'ascenseur stoppe. Neuvième étage.

La cabine est aussi vide que lorsqu'il y est entré.

Même au Tchad, avec les paras commandos, il n'a jamais vécu quelque chose d'aussi fort en adrénaline. C'est sûr, il aura des trucs inédits à raconter à Bob et aux siens à la veillée de Noël !

À la même heure,
dans l'immeuble voisin de l'hôtel

— Jason, arrête de jurer ! Tu nous stresses et ça ne change rien ! On est plantés, on est plantés ! Faut localiser où se trouve le colis, un point c'est tout !

Dans les locaux de la Laser Research Company, trois hommes vêtus de combinaisons blanches s'affairent sur une grande cage de Faraday.

Longtemps en pointe dans son secteur, cette société est progressivement devenue, au fil des contrats, une annexe scientifique française indépendante. Sa collaboration étroite avec les services secrets américains ou français est toujours allée de pair avec celle de la section scientifique de recherche de Sacley.

Son programme : la téléportation quantique qui, grâce aux photons intriqués, est devenue le cœur de leurs recherches classées « Top secret défense ».

— Hourra ! Ça y est ! J'ai l'erreur ! C'est notre pourvoyeur qui, dans son affolement, a rentré une donnée incomplète : la destination en latitude est fausse de deux secondes. Ce qui, traduit sur la carte combinée au GPS, positionne le retour du colis sur le terrain à… douze mètres d'où nous sommes. Et dans un rayon de douze mètres, on a quoi ? L'immeuble du Center Hôtel, notre voisin immédiat ! CQFD !

— Excellent, messieurs ! Si on ne veut pas avoir de scandale sur les bras et la presse à la porte, allez donc voir à côté comment ça se passe. Je ne tiens pas à ce que la maison mère de Sacley ou le SDEC débarque ici ! Ils pourraient nous supprimer notre statut d'indépendants. On ne sait jamais comment ça finit avec eux.

Grand silence, et tandis que deux d'entre eux retirent leur combinaison :

— Sortez branchés, les petits. Prenez la mallette de géolocalisation. En attendant, je continue de programmer les photons pour rapatrier le colis.

Jason et Paco, débarrassés de leur combinaison, s'équipent de micros et d'oreillettes discrètes, et le vieux professeur de Villiers reprend ses calculs. Officieusement, un cadavre a disparu entre deux immeubles. Ça, dans n'importe quel milieu, ça fait désordre !

Oublieux des mocassins et du verre de whisky frappé, Ronald Lamblin n'a d'yeux que pour ce bracelet qu'en véritable irresponsable, il a rapporté dans sa chambre. Preuve matérielle qu'il n'a pas rêvé et que la scène de l'ascenseur était bien réelle. D'une texture de type PVC souple, le bracelet comporte cinq arceaux très minces, crantés de I à V, qui pivotent vers l'avant et cinq autres, crantés de X à VI, pivotant vers l'arrière. Ce qu'il prenait pour des signes cabalistiques n'est qu'une suite de chiffres romains. Une pièce en inox, légèrement en relief au dos du bracelet, établit un contact étroit avec l'épiderme du porteur.

Au fur et à mesure de sa découverte, il ressent un malaise croissant. Est-ce le picotement de ses mains qui le perturbe ? Le front couvert de sueur, il se sent défaillir. Le bracelet lui tombe des mains et ses gestes deviennent approximatifs. Conscient de ce qui lui arrive, il veut saisir le téléphone. Mais le simple fait de pivoter le torse le déséquilibre. Il bascule sur le canapé et sent qu'il va sombrer pour de bon. Il valse dans un entonnoir sans fond, en spirales irisées, le parfum léger aux amandes amères l'aide à tourner. Il tourne, tourne…

Combien de temps est-il resté inconscient ? Ce sont des coups frappés à sa porte qui le réveillent. En allumant la lumière, il se demande ce qu'il fait là.

— Oui, qu'est-ce que c'est ?

Inquiet et chancelant, il va ouvrir.

Les lunettes de soleil en moins, les deux hommes qu'il a devant lui évoquent les héros du film *Men in black*. Jason et Paco, costumés presque à l'identique, une mallette dans une main et un boîtier dans l'autre, lui présentent un appareil qui grésille de plus en plus fortement :

— Bonjour, cher monsieur. Nous menons une enquête afin de récupérer une chose qui nous appartient, et qui a dû s'égarer chez vous. Voyez comme notre compteur en frétille de plaisir ! Vous permettez ?

Quand deux gaillards de plus d'un mètre quatre-vingt-dix, bâtis en rugbymen, demandent poliment quelque chose à une personne plus frêle, frôlant la soixantaine et qui, de surcroît, sort d'un malaise, il faut trouver d'excellents arguments ou être bagarreur dans l'âme pour s'y opposer ! Le grésillement du compteur, depuis, n'a fait que s'amplifier. Lorsqu'ils pénètrent dans la chambre, il se transforme en un son continu, intolérable à l'approche du canapé. Jason, toujours souriant, éteint son appareil. Paco, impassible, est adossé à la porte d'entrée et fixe Ronald.

— Nous avons sûrement des choses à nous dire ! Monsieur… ?

Ses dents éclatantes sont celles d'un carnassier qui prendrait son temps avant de dévorer sa proie. Très à l'aise, il s'est assis sur le divan et, d'une main délicate, explore les coussins. Ronald, éberlué, ne comprend rien à la situation. Ayant remis son appareil en marche, Jason découvre ce qu'ils sont venus chercher. Le bracelet a roulé sous le canapé. L'inquiétude de Ronald Lamblin cède à présent la place à l'angoisse. Une fine sueur et une boule dans la gorge lui font prendre conscience qu'il ne maîtrise absolument pas la situation. Qui sont ces gens ? Pourquoi lui montrent-ils cet objet comme une victoire ?

— Lamblin. Je m'appelle Ronald Lamblin. Je… je viens d'avoir un malaise ! J'ignore totalement pourquoi vous avez trouvé cet objet chez moi. Et vous, qui êtes-vous ?

— Trouvé, monsieur Lamblin ? Dites-moi comment ça s'est passé, ce que vous avez fait.

— Absolument. Euh… Je suis entré dans l'ascenseur avec plein de paquets et une fois la porte refermée, j'ai un trou, un trou noir. Vous m'avez réveillé. J'ignore comment je me suis retrouvé ici.

Le regard de Jason se fait insistant, scrutateur, son sourire devient mauvais et moqueur.

— C'est pour cela que vous l'avez caché sous le canapé. Vous n'êtes pas clair, cher monsieur. Vous allez gentiment nous montrer comment ça s'est passé. Quel ascenseur ? C'est important pour les travaux que nous menons. Suivez-nous, Lamblin.

À la dureté de l'intonation, il sent la détermination des deux hommes. Amateur de polars, Ronald Lamblin constate que tous les ingrédients sont là, et pas forcément à son avantage.

Fuir dans les couloirs de l'hôtel… Impensable ! Il a encore les jambes en coton. Appeler à l'aide… Un uppercut ferait trop mal et suffirait à le faire taire. Solidement encadré, il les conduit vers la cabine où, une heure plus tôt, s'est produite la fameuse téléportation dont il ne se souvient plus, ou mal, et qui a causé tous ses problèmes. Dès l'entrée, Paco cherche à immobiliser le monte-personnes, mais la sonnerie d'alerte l'en dissuade. Il va falloir faire vite !

— Où étiez-vous ? Et le bracelet ? Montrez-moi exactement ! lui intime Jason.

Ronald se place comme chaque fois qu'il prend l'ascenseur. Paco, à qui rien n'échappe, pointe à son acolyte les taches de sang coagulé laissées sur la paroi. Avec un regard lourd de reproches, il repousse Ronald qui ne comprend toujours rien à la situation. D'une voix rauque, il lance à Paco :

— Règle l'émetteur quantique, dose les photons et confirme le GPS avec le labo.

Impressionné, un peu absent de ce mauvais polar qui se déroule à son détriment, Ronald regarde Paco ouvrir sa mallette et régler différents instruments. Tout en douceur, appelé au rez-de-chaussée, l'ascenseur entame sa descente feutrée sous les jurons des deux hommes. Au grésillement allant crescendo succède une fumée blanche. Elle forme un épais nuage qui leur arrive bientôt aux genoux et, comme la première fois, elle se dissipe rapidement, laissant la place au cadavre de la Chinoise dans la même position, avec toujours cette odeur d'amandes amères.

— Paco, pose-lui le bracelet. Les données sont complètes, j'envoie le colis au sas du labo. Il me faut encore deux minutes, débrouille-toi ! N'oublie pas de vaporiser, sinon il va rester de la fumée et on risque de tout oublier.

Obnubilés par leur tâche, ils ne regardent pas Ronald, appuyé sur les portes coulissantes. Les étages défilent. Réception : arrêt. Les portes s'ouvrent. Ronald s'éjecte et traverse le hall sans s'occuper du reste. Il entend crier. Dans la cabine, la transmutation du corps se termine. À cette heure de la soirée, nombreux sont ceux qui, libérés de leurs occupations, attendent et veulent gagner les étages. Ils ont assisté à la phase finale : le corps évaporé !

Sous les regards incrédules d'une demi-douzaine de personnes éberluées, Jason se relève en refermant son attaché-case et, tout sourire, lance à l'auditoire improvisé :

— Mesdames et messieurs, vous avez eu la chance d'assister au final de notre numéro de magie ! Regardez ce soir la chaîne Canal+, à vingt-deux heures, *Spécial music-halls*, vous y verrez ce numéro au complet. C'est pour tout public. Ah ! Vous êtes des chanceux, vous. Bonne soirée !

Suivi de Paco, Jason traverse l'hôtel à grandes enjambées. Sa priorité est désormais de s'assurer de la bonne livraison de leur colis auprès du professeur de Villiers, au labo, dans le building voisin.

Pour Ronald Lamblin, si besoin, ils ont lu son passeport, ils sauront où le retrouver.

Sur l'avenue de la gare Montparnasse

Heureux de s'en être tiré à si bon compte, Ronald Lamblin remonte l'avenue de la gare au pas de charge. Oubliés, les mocassins neufs et les pieds échauffés, oublié le whisky qu'il allait boire. Seul le temps de décembre menace et maintenant il pleut !

Sous le porche d'entrée d'un magasin, en chemise mais à l'abri, il se décide à téléphoner.

— Oui, Bob ! J'aurai certainement du retard ce soir. Il m'arrive un truc incroyable que je te raconterai. En attendant qu'on se voie, peux-tu passer récupérer mes affaires au Center Hôtel ? Ma chambre a été payée pour le séjour, mais il vaut mieux pas que j'y retourne. Un dernier service : aurais-tu le numéro du SDECE ? Oui, sur Paris… Merci, c'est noté. À ce soir !

Gare Montparnasse, deux heures plus tard

Trois hommes devant un guichet fermé discutent âprement. Ronald Lamblin, énervé, a expliqué pour la cinquième fois aux représentants du service de contre-espionnage français qui l'ont rejoint, les détails de ce qu'il vient de vivre.

— Monsieur Lamblin, vous avez assisté à une avancée importante de la recherche scientifique. Malheureusement, avec les Américains, nous n'en sommes qu'aux balbutiements de la téléportation. Nous arrivons à transmuter de la matière inerte, pas des cobayes vivants. Les chercheurs chinois qui travaillent aussi là-dessus sont plus avancés que nous. Malheureusement, ils viennent de liquider la spécialiste en la matière, votre voisine d'hôtel, que nous allions exfiltrer. Miss Cheung voulait émigrer en France. Elle se savait sous surveillance, mais le contre-espionnage chinois nous a devancés de quelques minutes.

Et soudain, Ronald Lamblin fait la relation. La semaine précédente, à l'occasion du congrès, la presse s'est focalisée sur les fuites des brevets et les progrès de la Chine en recherche scientifique. La fuite en Europe de cerveaux asiatiques a même été évoquée. On y parlait, comme à la belle époque de la guerre froide, de pointures scientifiques désireuses de passer à l'ouest avec leur famille. *Le Monde* et *Le Figaro* ont avancé des hypothèses. Guerre des barbouzes ? Qui a exécuté la malheureuse chercheuse ? Les Chinois ? La CIA ? Les deux bonshommes qui lui font face ?

— Mais pourquoi me racontez-vous tout ça ? s'exclame Ronald. Je ne vous demande rien !

— Vous avez fait votre devoir de citoyen français, monsieur Lamblin, vous devez connaître la vérité. Vous nous avez dit vouloir aller à Vincennes… On vous dépose ?

— Très aimables, mais non, merci. Le métro est là, juste à côté.

— Monsieur Lamblin, soyons sérieux. Pas de déclaration, ni à la presse ni à personne. Dites-vous que vous avez fait un mauvais rêve. Pour votre tranquillité, et votre sécurité, n'est-ce pas ?

Au moment où Ronald s'apprête à jurer tout ce qu'on lui demande, heureux de conclure l'entretien, la sonnerie du portable de l'agent requiert toute leur attention. Les deux émissaires du SDECE, attentifs à la communication, font alors un signe d'adieu. Sans se faire prier, Ronald tourne les talons et rejoint hâtivement la station de métro.

En cette fin de journée, veille de Noël, les quais sont bondés. Des grappes compactes s'y agglutinent. C'est presque porté par la foule, au moment où il franchit les portes de la rame, qu'il ressent une violente douleur au mollet. Dans l'impossibilité de se retourner, il s'agrippe de justesse à une barre et, en jouant des coudes, se retourne vers les gens restés sur le quai. Le plus jeune des agents est là. Il lui fait un signe amical de la main droite et, de la main gauche, exhibe lentement un parapluie. Et les portes se referment.

Est-ce dû à l'oppression de la foule entassée, Ronald Lamblin a du mal à respirer. Il ne peut s'empêcher de penser au coup de parapluie bulgare, célèbre en son temps. Il en a la nausée.

À son réveil, assis sur son lit, Ronald Lamblin hésite. Où est-il ? Quelle est cette chambre ? A-t-il à son tour été téléporté ? Un hématome au mollet droit témoigne cependant qu'il a peut-être échappé, grâce à la foule, à la dose complète d'un produit létal. Sa vie sera-t-elle toujours menacée parce qu'il a eu connaissance de certains progrès obscurs de la science ? Devrait-il changer d'identité ?

Hier soir, chez Bob, l'annonce, aux actualités télévisées, de l'explosion d'un laboratoire scientifique tuant trois personnes était cependant bien réelle ! Le journaliste, en évoquant la guerre des services secrets, a simplement mentionné la récente entrée sur le marché international des agents de Pékin. Seule la magie de deux flacons de whisky a permis à Ronald Lamblin et à son ami de continuer à divaguer et à extrapoler toute la nuit sur cette explosion, sur la téléportation et ses applications.

Certains téléspectateurs de Canal+, ce soir-là, frustrés, protestèrent. Ils n'avaient pas eu le programme spécial de magie annoncé et leurs interrogations sur la scène fugitive de l'ascenseur les travaillaient encore.

⇒ • ⇐

Ronald Lamblin, à la surprise de ses proches et de sa hiérarchie, lui qui n'avait jamais été un foudre de guerre, mais plutôt un scientifique de province lambda et routinier, produisit, six mois après ce congrès, des avancées spectaculaires sur les photons intriqués qui furent appréciées à l'international. On évoqua même son nom pour le prix Nobel.

Mais jamais, au grand jamais, il ne mentionna, avec personne, les microfilms et la clé USB qu'il avait trouvés dans les poches de la robe de chambre de miss Cheung, ni la terrible vengeance des agents chinois sur un discret labo parisien.

Olga et la porte du jardin

C'était odieux à dire, et sans doute à entendre, mais le décès de ma mère m'avait libéré.

Enfin, j'avais osé !

Le changement s'était mis en place lorsque j'avais commencé à faire le tri de ses affaires. Son appartement, un rez-de-chaussée avec jardin juste au-dessous du mien, formait un duplex que nous avions aménagé trois ans plus tôt. J'inventoriais tous les vêtements féminins que je comptais donner à des services sociaux lorsque je suis tombé sur des choses qui m'ont étonné.

J'allais sur la trentaine et elle m'avait eu à vingt ans. Mais elle répudiait à jouer son âge et avait gardé jusqu'à la fin le goût des toilettes, alors même que le crabe malfaisant la grignotait et prenait le dessus sur son obstination à vivre. Là, dans ces tiroirs que je n'aurais jamais songé à ouvrir de son vivant, je découvrais des petites tenues affriolantes, des robes sexy, de la lingerie fine, des déshabillés dont je n'avais pas soupçonné l'existence.

Dans la pénombre de cet appartement aux volets mi-clos, sous l'effet de la surprise que provoqua la vue soudaine de mon reflet dans la glace et sa ressemblance fascinante avec celle qui m'avait quitté dix jours plus tôt, une idée folle me traversa l'esprit.

Il serait très exagéré de prétendre que mon physique évoquait celui de Rambo. Mes lignes étaient néanmoins fermes et mon allure longiligne pouvait se prêter à ma fantaisie. Alors, j'osai ! J'essayai quelques tenues, me coiffant de l'une de ses perruques à la Cléopâtre — gadget hérité de ses chimiothérapies successives — transformant mon reflet en une image des plus troublantes qui prêtait à confusion. Ma mère, vers la trentaine, encore jeune, encore très belle, me regardait. Époustouflé par le résultat, je complétai ma panoplie par des escarpins, douloureux, et par un léger maquillage, tâtonnant. Toute honte bue, j'admis que mon reflet me plaisait beaucoup. Un coup de rouge à lèvres, un peu de gloss et… je me serais presque embrassé !

Ma mère, très possessive, avait toujours été vigilante vis-à-vis de la concurrence féminine. De toutes les filles que j'avais amenées chez nous, aucune n'avait trouvé grâce à ses yeux. Elles étaient toujours trop ceci ou trop cela. « Tu comptes faire ta vie avec cette bécasse ? Mon pauvre Charles, tu ne tiendras pas deux mois ! » L'examen approfondi auquel elle se livrait immanquablement n'était jamais en leur faveur. Alors, je me débrouillais pour voir ou honorer mes conquêtes à l'extérieur, prétextant une invitation incontournable ou un séminaire obligatoire qui l'empêchait de me pourrir la vie durant quelques jours. Évidemment, au retour, dès le seuil franchi, je n'échappais pas à la recherche du cheveu, du parfum inconnu ou de la trace de rouge à lèvres. Dans ces conditions, il m'était difficile de couper le cordon ombilical. Elle avait poussé le vice jusqu'à m'acheter l'appartement au-dessus du sien. « Tu te rends compte, mon chéri, il vient juste de se libérer, c'est une aubaine ! C'est ton père qui serait content de te savoir près de moi, plutôt que dans ton studio minable, au fin fond de Saint-Mandé. » De l'image confuse d'un père cascadeur, décédé lors d'un tournage la veille de mes cinq ans, ne subsistaient que les photos et les anecdotes qu'elle voulait bien me raconter. « Ton père n'aurait pas aimé ! » ou « C'est ton père qui serait content ! Paix à son âme. »

Plus tard, amoindrie par la maladie, elle dut renoncer aux cours de piano qui représentaient son métier, ne voyant plus ses élèves ou ses amies que de loin en loin. Je n'eus plus le cœur à la moindre contradiction et cédais invariablement à ses demandes. Même le projet d'un escalier en colimaçon reliant nos deux appartements ne fut pas discuté. J'étais conscient de perdre encore un pan de liberté, mais, en qualité de fils unique, je me devais d'adoucir les moments de souffrance de celle qui m'avait donné la vie. Après tout, j'avais mon entrée et elle conservait la sienne, même une fois nos appartements reliés.

Absorbé par les besoins d'assistance et de soins médicaux qui allaient croissant, gérant de plus en plus épisodiquement ma vie privée, je dois ajouter que ma vie professionnelle de fonctionnaire au Trésor ne me passionnait guère — même si un nouveau chef venait de débarquer pour chambouler les services. La vie terne que je menais alors, dans l'angoisse d'un dénouement auquel je me refusais de penser, me débilitait profondément.

Après cette déprimante traversée du désert, découvrir la possibilité de me divertir à peu de frais, de jouer un autre personnage, de circuler incognito parmi des gens qui ne soupçonneraient rien, de laisser libre cours à la part de féminité qui sommeillait en moi comme elle sommeille dans chaque mâle, me fit passer de la jubilation à l'impatience, car je me rendais bien compte que je disposais de nombreux atouts. Seul le premier pas coûtait !

Il fut franchi un vendredi soir, initiant la procédure méticuleuse qui devint ensuite un rituel : le *Boléro* de Ravel et son crescendo en fond sonore, table de maquillage éclairée *a giorno*, vêtements et chaussures présélectionnés sur le lit, méticuleux, j'inspectai mon corps et sa pilosité. Et une fois supprimées les opiniâtres repousses, je passai au maquillage. Le résultat me sembla irréprochable.

Le mois de septembre avait pris la forme d'un agréable été indien et m'autorisait une tenue légère. Sac sous le bras, je franchis la porte du jardin, le cœur battant la chamade et les jambes flageolantes sur mes hauts talons d'équilibriste. L'aventure commençait !

Quand j'y repense… Je ne disposais d'aucun scénario, je n'avais même pas exercé ma voix au genre que je prétendais incarner.

La première traversée de rue fut encourageante. Les personnes que j'y croisai ne semblèrent pas me remarquer. Mon déguisement était assez conventionnel : jeans moulants et tee-shirt noir sous une veste d'été en drap clair. Il me fallait toutefois endurer un supplice cuisant : le soutien-gorge rembourré qui me grattait sérieusement.

Moktar, l'épicier chez qui je me rendais deux à trois fois par semaine, ne cilla pas en me voyant. Provocateur, je pris le temps de parcourir nonchalamment son étalage, puis, me ravisant, pris la direction du café-PMU, place de la Bastille, toute proche. Ma première idée étant de commander un apéritif en terrasse. Mais je rectifiai immédiatement le tir : à peine avais-je approché que de nombreux regards curieux commencèrent à me dévisager. Déstabilisé, j'entrai aussitôt dans le bar où les hommes accoudés au comptoir s'adonnèrent aussitôt au même genre d'inspection, certains ne tardant pas à sourire. Étais-je démasqué ? Je battis en retraite vers le coin tabac. D'une voix de fausset, d'autant plus mal à l'aise que j'étais non-fumeur, je demandai la première marque visible.

— Des Royales, s'il vous plaît.

Dans mon sac en bandoulière, des Kleenex, du rimmel, du rouge à lèvres, des tickets de métro, un plan, mais… aucun porte-monnaie !

— Excusez-moi, je repasserai, je suis désolé, je l'ai oublié !

Derrière moi, la queue enflait déjà. Le serveur, calé à l'abri de son comptoir, me dévisageait gravement, pensant peut-être à une entourloupe ou à une tentative de grivèlerie. Il me tendit cependant le paquet en me fixant dans les yeux.

— Et elle s'appelle comment, notre belle étourdie ?

C'était un détail auquel je n'avais pas pensé. Pour la première fois de ma vie, je sentis mes pommettes s'enflammer et, espérant que mon fond de teint en masquerait l'effet, je balbutiai :

— Olga. Mais vraiment, c'est pas la peine…

— Olga, je compte sur vous. Demain à la même heure, je serai de service. Merci de passer régler votre petite dette. À présent, excusez-moi, mais y'a du monde qui attend. À demain.

Et il appuya son propos d'un long regard velouté.

Grand, costaud, le crâne rasé avec des yeux verts et un joli sourire… si j'avais été une femme, il aurait sans doute pu me plaire. Ingénument, je réalisai que cette option pourtant évidente ne m'était pas venue à l'esprit durant tout ce qui avait précédé.

Autour de moi, des regards complices et des quolibets égrillards rendirent hommage à celui qui, en deux coups de cuillère à pot, venait de donner un rencard à une nana bien roulée. J'en avais assez vu pour ma première expérience en Olga. C'est en courant sur mes talons hauts que je rentrai chez moi, complètement déstabilisé.

Certaines de mes connaissances féminines diront sans doute qu'il faut expérimenter des situations de la sorte, aussi anodines soient-elles, pour comprendre ce que vivent les femmes au quotidien. Quelle armure devais-je endosser pour me barder en tour imprenable, si je voulais mener à bien ma petite expérience ? Ma première tentative débordait certainement de naïveté. Me mettre dans la peau d'Olga m'apprendrait à réfléchir et, comme au jeu d'échecs, à anticiper le coup adverse. Ainsi, le lendemain, c'est Charles et non pas Olga qui alla au bar-tabac honorer la dette de… sa sœur !

— Elle ne peut pas venir, elle est encore prise par son travail à l'hôpital.

La vérité, elle aussi, peut se travestir.

La mine déconfite du barman restera dans ma mémoire. Je lui laissai un peu d'espoir en ajoutant :

— Mais vous la reverrez sûrement, elle peut pas se passer de ses clopes ! »

Comme il faut tirer des enseignements de ses erreurs, j'en conclus que l'improvisation à laquelle je m'étais livré dans la rue avait été trop

dangereuse, et que les seuls lieux qui m'offriraient
à la fois du confort et de la sécurité, avec un zeste
de raffinement et de savoir-vivre, étaient les bars
des grands hôtels.

Mais surtout, j'en vins à me poser bien des questions. Qu'est-ce qui me fascinait tant dans cette
mascarade ? Étais-je finalement homosexuel sans
avoir jamais eu le courage de l'assumer ? J'avais
beau y réfléchir avec toute l'honnêteté dont j'étais
capable, l'hypothèse me semblait erronée. Et ma
réaction instinctive face à la proposition ouverte
du vendeur de tabac ne faisait que me confor-
ter dans cette conviction. Bien entendu, je savais
que je jouais avec le feu, mais j'étais très clair avec
moi-même. Non, ma préférence sexuelle n'était pas
concernée. Par contre, mon travestissement allait
certainement représenter un sérieux handicap vis-
à-vis des conquêtes féminines à venir.

En regardant le monde à travers les yeux d'Olga,
je discernais bien plus clairement les motivations de chacun et de chacune. De la Diane chas-
seresse en quête de mâles fortunés à la douairière
en attente d'un dernier gigolo, les femmes que je
croisais dans les bars investissaient de nombreux
rôles. Je pouvais être concurrencé par l'escorte-girl
la plus banale comme par la femme d'affaires navi-
guant entre escroquerie et espionnage industriel
ou la ménagère délaissée à la recherche d'un peu de
chaleur humaine. Et moi ? Je me rangeais sous la
bannière commode de l'étude des mœurs sociales

et de la psychologie comportementale. Mais, pour dire toute la vérité, j'adorais la poussée d'adrénaline que je ressentais en passant la porte du jardin.

Que ce soit au George V, au Crillon, au Savoy ou au Ritz, ma stratégie était toujours la même. Je jouais la jeune femme esseulée qui s'est fait poser un lapin. Avec d'innombrables coups d'œil furieux à ma montre, ma cigarette, sitôt allumée, était nerveusement écrasée dans le cendrier. Dans l'ambiance feutrée qui caractérise ce genre d'endroit, portés par un fond musical reposant, mes voisins, compatissants, souvent seuls eux-mêmes ou en attente de rendez-vous, se montraient pleins de sollicitude et entamaient la conversation. L'estocade était portée quand, au comble de l'exaspération, j'expédiais mon cellulaire au fond du sac en râlant entre mes dents, après ce goujat imaginaire qui ne s'excusait même pas. Le temps passant, la conversation courtoise aidant — les coupes de champagne également — j'héritais inévitablement d'une carte de visite assortie d'une proposition. « Oui, si ça vous fait plaisir, nous nous recontacterons. En tout cas, Paul, merci de m'avoir réconfortée. » Ce dernier mot, énoncé d'une voix légèrement rauque qu'accompagnait un regard appuyé, achevait mon numéro et assurait ma victoire. Paul était prêt à me manger dans la main.

Lorsque mon courtisan se montrait brillant et plein d'humour, il m'arrivait d'accepter son invitation à dîner. Mais à cette stricte condition ! Au diable ceux qui ressassaient l'effondrement de la Bourse, le montant des pensions alimentaires ou leurs brillants faits de guerre. Je n'étais pas là pour jouer à mère Teresa.

Si mon succès constant ne me lassait pas, il m'aveuglait peut-être. Chaque relation me réservait son petit lot de surprises, pourtant, il ne me vint jamais à l'idée que ma démarche d'apprenti sorcier pouvait entraîner des conséquences imprévues. Seule mon excitation comptait en passant la porte du jardin.

Ce qui devait arriver se produisit donc.

Attablée au Hilton, alors que je m'essayais à un bilan sur mes rencontres passées, envisageant vaguement de mettre un terme à mes coups de folie, je tombai sur la personne qui, depuis quelque temps, était sans aucun doute la plus haïe de mes connaissances : mon nouveau chef de service ! Récuré, élégant, rasé de près et très à l'aise, Marc Dubosc, un verre de whisky à la main, vint s'asseoir face à moi. L'Attila réformateur des services voulait faire connaissance. Une violente angoisse me saisit aussitôt. Il ne me quittait pas du regard. M'avait-il reconnu ? Mes gestes brusques et mon air désemparé avaient pu passer pour ceux d'une belle, traumatisée par l'apparition d'un don Juan inespéré. Sans lui laisser le temps de prendre possession du canapé, j'ignorai son sourire conquérant et son air mielleux et lançai avec conviction :

— Vous vous trompez de table, monsieur. Je ne vous ai pas invité.

Probablement rompu à ce genre de rebuffade, il ne se laissa pas déstabiliser. Avec assurance, en félin qui s'apprête à déguster sa proie tout en la fascinant du regard, il prit ses aises et me répondit d'une voix faussement navrée :

— Devrais-je encore une fois vous laisser m'échapper ? Comme au Ritz, ou au Savoy la semaine dernière ?

Son sourire carnassier s'élargit devant ma surprise.

— Oui, chère mademoiselle, j'étais présent ces soirs-là. Je ne vous dirai pas ma frustration de voir la concurrence vous ravir sous mes yeux, alors qu'au bar, vous ne m'avez même pas remarqué. Marc Dubosc, pour vous servir. Je passe ma vie à restructurer ou liquider des entreprises.

Ouf ! Ce n'était pas à Charles qu'il en voulait, mais à Olga. Avais-je pâli sous mon maquillage ? Avais-je montré des signes exagérés de nervosité ? L'assurance avec laquelle j'avais géré mes dernières rencontres était loin derrière moi et ma panique fut longue à retomber. En liquidant ma coupe de champagne pour retrouver une contenance, je me résolus à reprendre le dessus. Il ignorait encore que Charles Bontemps, le responsable du service des pensions, se cachait sous les traits d'Olga. Je pouvais…

— Olga, je sais que vous vous appelez Olga, les barmans sont à l'écoute de tout, même quand ils semblent ne pas vous prêter attention, je vous ai observée lors de vos précédentes conquêtes et j'apprécie votre exigence et votre prudence. Mais, Olga, si vous le permettez, afin de mieux faire connaissance, nous pourrions terminer cet apéritif et glisser ensuite dans la salle d'à côté. Le restaurant de cet hôtel est réputé pour son excellent homard thermidor qui lui a valu une étoile dans le Michelin.

— Pardonnez-moi. Je vais m'éclipser quelques instants.

— Oh, non, ne m'abandonnez pas si lâchement… Je vous déplais à ce point-là ?

— Nous verrons cela à mon retour. En attendant, je vous laisse mon manteau en otage.

J'avais besoin de respirer.

Encore sous le coup de la surprise, j'avais la désagréable impression qu'avec son regard de velours, ses allures prévenantes, son baratin passe-partout et ses mains qui n'avaient perdu aucune occasion de frôler les miennes, il tentait de m'hypnotiser.

J'avais pourtant toutes les raisons de lui être insensible. Depuis deux mois qu'il était mon supérieur hiérarchique, ce Marc Dubosc — soi-disant repreneur d'entreprises — était parvenu à incarner tout ce que j'avais en horreur, du bateleur de foire à l'arriviste le plus complet. Peu de temps après son arrivée à la Trésorerie, c'est en me croisant dans un couloir qu'il m'avait annoncé ma mutation brutale :

— Ah, oui ! vous, c'est Bontemps ! Écoutez, on va la faire courte, si vous voulez bien, ça nous économisera un entretien formaliste et chronophage. Je voulais vous prévenir que des Pensions vous passez au Contentieux.

Compte tenu de la valse des postes dans les services au cours des semaines précédentes, j'avais eu le loisir de me préparer à une affectation de ce genre. Mon attitude indifférente le surprit pourtant. Chacun de mes collègues avait âprement protesté afin de défendre le pré carré qu'il maîtrisait depuis des années. Moi, non. Je lui répondis que ma formation me permettait de faire face à ces nouvelles responsabilités sans difficulté.

— Vous… vous êtes responsable syndical ? Non ? Cool ! Alors, vivez votre vie et à plus…

Voilà l'énergumène qu'on nous avait envoyé. Un physique de catcheur, cent dix kilos et un mètre quatre-vingt au garrot, il semblait invariablement satisfait de lui-même. Un modèle de DRH ! Les P et T étaient en pleine vague suicidaire, alors pourquoi pas nous ?

Dans les toilettes, face au miroir, je décidai de lui rendre la monnaie de sa pièce. Requinqué et déterminé, je constatai, en venant le rejoindre, qu'il avait renouvelé nos apéritifs. Alors qu'il se levait galamment pour m'accueillir, je lui lançai :

— Eh bien, racontez-moi, cher monsieur, comment se passe la vie d'un fossoyeur d'entreprises ? Avec tous les gens que vous mettez sans doute au chômage, parvenez-vous à vous regarder dans la glace sans problème ?

Son sourire contrit me fit plaisir. Au cours des minutes qui suivirent, il s'essaya à démontrer que les sentiments étaient incompatibles avec les affaires. Et lorsqu'il tenta de ramener la conversation à moi, je le relançai sur sa vocation peu reluisante. En terminant ma deuxième coupe de champagne, je sentis poindre une douce euphorie. Olga reprenait le dessus.

Mais il avait le cuir solide.

— Vous savez, si je vous ai abordée ce soir, ce n'est pas pour vous raconter ma vie, mais pour découvrir la vôtre. Vous me fascinez depuis que je vous ai vue la première fois au Ritz. Vous êtes belle, indépendante et rebelle…

et bla-bla-bla…

Il était peut-être temps que je lui fasse remarquer la fatuité de ses propos, mais la tête me tournait légèrement et sa voix me semblait de plus en plus étouffée, comme lointaine. J'étais physiquement présent, mais j'éprouvais des difficultés croissantes à me concentrer sur la conversation. Je voguais sur une autre planète. Le bougre me paraissait presque sympathique à présent, toute mon animosité à son égard avait disparu et je lui souriais béatement, aux anges devant ses compliments de bonimenteur.

Soudain, debout devant moi, il me tendit la main. Voulait-il prendre congé ? Je tentai de répondre à son salut, mais mon bras resta sur l'accoudoir. Je me sentais bien, apaisé, indifférent à tout ce qui m'entourait. Glissant son bras sous le mien, il m'aida à me relever, tout sourire et prévenant :

— Olga, Je vais vous raccompagner. Je crois que vous ne supportez pas bien le champagne. Venez, ne nous donnons pas en spectacle, ma voiture est juste un peu plus loin sur le boulevard.

Il me couvrit les épaules de mon manteau, gardant mon sac à la main. Le froid de décembre aurait dû me réveiller. J'y étais pourtant insensible. Un véritable zombie. Une langueur s'était emparée de moi et je n'aspirais plus qu'à dormir, à décrocher. Le confort du siège rembourré de sa BMW m'apparut comme un don divin. S'installant lui-même au volant, Dubosc allait lancer le moteur lorsqu'on toqua à sa vitre. Les sons me parvenaient comme dans un train de nuit, quand on dort et qu'on entend malgré tout le haut-parleur des gares qu'on traverse. Une voix féminine l'invectivait d'un ton furieux :

— Mon salaud ! J'ai mis un an à te retrouver, alors je vais plus te lâcher ! Tu sais par quoi je suis passée ? Tu me dois dix-huit mois de pension alimentaire !

— Encore toi ! Tu vas pas encore m'emmerder avec ça ! Ferme donc ta grande gueule ! Tu vois bien que je ne suis pas seul, on en reparlera.

— Comme on reparlera du compte en banque perso que tu m'as vidé. T'es une ordure, un parano malfaisant, tu m'as bousillée ! Tu crois que tu vas t'en tirer comme ça ?

Je sombrais de plus en plus profondément dans l'inconscience, mais la violence croissante de l'échange me tint encore quelques instants en éveil. Il me sembla que Dubosc, tout en jurant, gigotait pour défaire sa ceinture et sortir de la voiture, puis il y eut un grand bruit.

Mais j'avais dû me tromper. Ou bien Dubosc s'était ravisé. En tout cas, il s'était sagement blotti à mes côtés, sa tête contre la mienne et nous avons enfin pu dormir tranquilles.

Le froid m'a réveillé à quatre heures du matin.

Retenu par la ceinture qu'il n'avait finalement pas détachée, Dubosc était toujours affalé contre moi. Tandis que j'émergeais de l'étrange coma qui m'avait saisi, je fus d'abord surpris par la texture poisseuse de l'appui-tête où nos visages reposaient. L'odeur me fit comprendre à quoi elle était due. Du sang ! En m'écartant dans un sursaut, je constatai que j'avais dormi contre un cadavre. Mon malaise aussitôt dissipé par la poussée d'adrénaline qui se répandit en moi, je reconstituai la séquence de la veille au soir et réalisai la situation dramatique dans laquelle je me trouvais.

Sans le moindre doute, j'avais été victime de ce que les journaux appellent « la pilule du violeur », une drogue de synthèse dépourvue d'odeur et de goût que les dragueurs sans scrupules ajoutent discrètement dans les boissons de leurs proies, afin de les rendre somnolentes et passives. Dieu sait à côté de quoi j'étais passé !

D'une balle perdue, par exemple ! Il ne m'était pas difficile, à présent, de comprendre à quoi correspondait le grand bruit que j'avais entendu juste avant de sombrer.

Horrifié, dégoûté et furieux, je repoussai le corps de Dubosc avec mes genoux et mes pieds, le calai contre sa portière puis, à l'aide d'une lingette à démaquiller, m'évertuai à faire disparaître le sang qui maculait mon visage et ma perruque. Dans moins de trois heures, le boulevard s'animerait. Il me fallait récupérer ma voiture, rentrer chez moi, me doucher et redevenir Charles, le chef de service présentable, le fils éploré qui logeait chez sa mère défunte.

Légèrement en avance sur mon horaire habituel, je notai la présence des voitures de police, gyrophares allumés, le long des trottoirs qui jouxtent la Trésorerie, comme l'effervescence particulière qui régnait dans le hall d'entrée. La comédie que j'avais jouée durant les semaines précédentes en incarnant Olga m'avait formé à la dissimulation. J'allais devoir mettre ces nouvelles compétences à l'épreuve. Ignorant le nœud qui me serrait l'estomac, j'entrai et saluai la standardiste avec toute la décontraction dont j'étais capable.

— Bonjour, Noémie. Alors, c'est pour nous, les flics ? On nous a cambriolés ?

— Non, mon pauvre monsieur Bontemps. Il paraît que c'est pour Dubosc, le nouveau. Il y a eu un règlement de comptes. Les éboueurs l'ont trouvé dans sa voiture, une balle dans la tête ! Ah, j'ai des frissons rien que de vous en parler !

La sonnerie du standard lui fit interrompre l'échange. Je l'abandonnai donc pour me diriger vers les ascenseurs, mais elle me rappela aussitôt avec empressement :

— Attendez, monsieur Bontemps, c'est le patron ! Il dit qu'il veut vous voir de toute urgence, il vous attend.

À son regard éberlué, j'imaginais la tempête de questions qui venait de se déclencher sous son crâne. Après l'estomac, c'était à présent mes tripes qui faisaient des nœuds serrés. Je parvins tout de même à reprendre la direction des ascenseurs d'un pas que j'espérais ferme, avant de m'adosser, les jambes flageolantes et le corps entièrement couvert d'une sueur glacée, contre le flanc de la cabine qui m'emportait au septième étage, vers le Bon Dieu.

Lorsque l'ascenseur me déversa dans l'antre directorial, Germaine, la secrétaire en chef, me dévisagea avec sa froideur habituelle. Puis, haussant le sourcil et sans me quitter du regard, elle activa l'interphone pour informer le TPG de ma présence. La porte matelassée s'ouvrit aussitôt, me dévoilant le beau monde qui occupait le bureau en compagnie du patron : trois officiers en civil et un commandant de police en uniforme.

— Ravi de vous voir, Bontemps, entrez donc ! me lança le TPG.

Mes jambes rechignaient à m'obéir et je trébuchai légèrement sur le seuil de la porte. Par bonheur, les hommes réunis là semblaient trop préoccupés par leurs réflexions pour noter la chose.

— Messieurs, voilà monsieur Bontemps. Vous êtes au courant pour Dubosc ? demanda-t-il en me regardant.

J'acquiesçais machinalement.

— Nous venons d'apprendre que son ex-femme vient de passer aux aveux. Elle a reconnu s'être vengée. Elle avait encore l'arme du crime avec elle. Ces messieurs vont donc nous quitter et mettre un terme à leur enquête chez nous.

Puis avec un ton cérémonieux que je ne lui connaissais pas, il ajouta :

— Messieurs, vous venez de faire la connaissance de monsieur Bontemps, celui qui va avoir la lourde charge de succéder à monsieur Dubosc afin de coordonner nos services.

Il m'était de plus en plus difficile de conserver la position verticale.

Sans avoir l'air de remarquer la chose, un officier humoriste ajouta du tac-au-tac :

— Eh ! D'habitude, on recherche à qui profite le crime, mais là…

Le boulet n'était pas passé loin.

Le soir même, dans des poubelles situées à l'autre bout de Paris, je me débarrassai discrètement des vêtements d'Olga. J'ai revendu le duplex dans la foulée et, jusqu'à présent, mon alter ego n'est jamais reparu.

Ma coordination des services ayant dû donner satisfaction à ma hiérarchie, j'ai bénéficié d'une belle promotion outre-mer.

Mais, entre nous, qui pourrait affirmer que la porte du jardin restera fermée à jamais ?